KB089772

_____께

_____ 드립니다.

원철스님의 주지학 개론

왜 부처님은 **주지**를 하셨을까?

왜 부처님은 주지를 하셨을까?

원 철 스 님 의   주 지 학   개 론

조계종
출판사

주지가 바로 서야
불교가 바로 선다

'주지학 개론'을 쓰고 싶다는 생각을 한 지는 꽤 오래되었다. 그런 까닭에 경전이나 어록을 열람하다가 주지 관계 자료만 나오면 모아 두는 게 습관 아닌 습관이 되어버렸다. 그 결과의 일부가 이번에 활자로 세상에 나오게 되었다. 사찰은 아무리 '대중이 중심이 되어야 한다'고 이상론적으로 말하지만 현실은 책임자인 주지를 중심으로 돌아갈 수밖에 없다.

특히 이즈음 와서는 더욱 그런 경향이 짙어졌다. 심지어 거지조차도 동냥 얻으러 와 주지만 찾는다는 우스갯소리가 있을 정도니까 말이다.

평생 주지 자리 근처에도 가보지 못한 채 고려대장경 전산화

작업에 모든 것을 바친 모 대덕 스님까지도 '승려의 꽃은 주지'라고 평가할 정도이다.

선사도 주지를 겸하고 싶어하고 강사도 주지를 함께하고 싶어하는 세상이다. 율사도 마찬가지다. 그야말로 '주지 시대'인 까닭이다.

나도 갑자기 무문관으로 결사 들어간 사형을 대신하여 '주지 대리' 두 철과 문도 사찰의 '주말 주지'를 일 년 정도 살았다. 그때 주지 교과서가 있다면 시행착오도 줄이고 또 주지로서의 일관성과 원칙을 세울 수 있는 근거가 될 수 있으리라 생각했다. 이 책은 그 고민의 편린이다.

종교가 제몫을 다할 때 비로소 사바세계를 맑고 향기로운 땅으로 만들 수 있다. 주지가 바로 서기 위해선 올바른 '주지학 개론'이 필요했다. 우선 선종의 '고전적 주지' 모습을 선어록에서 발췌했다. 이후 눈 밝은 이들의 더 좋은 책들이 나와 주지학의 지남(指南)을 제시해주길 바라는 마음이다. 어쨌거나 결론은 한마디로 요약된다.

"주지가 바로 서야 불교가 바로 선다."

2554(2010)년 6월
원철

차례

부처님은
왜 주지직을
수락했을까

최초의 주지 스님은 누구였을까? 그러면 그 스님은 어느 사찰에서 소임을 맡았을까?

최초의 사찰은 기원정사이다. 따라서 말할 것도 없이 최초의 주지 스님은 부처님이 된다.

부처님과 주지 소임. 뭔가 이미지가 맞아떨어지지 않는다. 그래도 이는 분명한 역사적 사실이다. 부처님이 주지가 되신 건 순전히 날씨 때문이다. 그것도 우기(雨期) 3개월 때문이다.

초기의 수행자는 '집 없는 사람'이다. 나무 아래에서 머무는 것을 원칙으로 하였으며 지붕이 있는 곳에서는 잠을 자지 않았다. 그것도 집착 생긴다고 한 나무 아래에서 사흘 이상 머물지 못하게 할 정도였다. 날씨가 좋을 때는 아무런 불편함이 없었다. 문제는 비가 올 때였다. 그것도 석 달씩이나. 그럼에도 사문(집 없는 사람)답게 비가 오거나 말거나 용감하게 그냥 돌아다녔다. 그러자 '부처님 제자들은 자비심이 없어 초목, 개구리, 지렁이 등을 상하게 하고 밟아 죽인다'는 비난 여론이 들끓게 된다. 그러다 보니 어쩔 수 없이 한 자리에 머물러야 했다. 많은 대중이 모여들다 보니 넓은 공간과 시설이 필요할 수밖에. 신심 있는 단월들이 가만히 보고 있을 리가 없다. 대중이 수행하는데 불편함이 없도록 집을 지어 드리겠다는 제의가 들어온다. 대중공사가 벌어졌다. 찬성과 반대 의견이 팽팽하게 맞섰다. 반대 이유는 사문인 수행자는 지붕이 있는 곳에서 살아서는 안 된다는 것이었다. 결국 이 문제는 대중이 결론을 내리지 못하고 부처님에게로 떠넘겨졌다.

"이걸 어떻게 해야 하나. 주지를 해야 하나 말아야 하나. 고민되네."

심사숙고 끝에 사찰 창건을 허락하기로 하였다. 대중을 모아놓고 결과를 알렸다. 그리고 그 이유를 이렇게 설명하셨다.

"모든 감각 기관(眼耳鼻舌身意)을 제어할 수 있는 자에게는 삼림이건 지붕이 있는 집이건 다를 바가 없다. 세계의 어느 곳이든 선정을 위한 장소인 것이다."

결과적으로 떠돌이 생활에서 승원 거주 생활로 바뀐 사실이 교단을 후세까지 존속시킬 수 있는 가장 큰 힘이 되었다. 당시에 떠돌이를 고집한 종파는 오늘날 모두 사라져 버렸다는 사실이 이를 반증한다. 부처님이 주지가 되신 건 법을 이 세상에 오래도록 머물게 하기 위한(正法久住) 종합적 판단이었던 것이다. 그러한 결정을 내리게 한 공덕주는 결국 비(雨)가 되는 것인가?

정법을
오래도록
머물게 하라

부처님이 주지가 되신 건 정법을 오래도록 머물게 하기 위함이다. 따라서 주지란 말의 어원도 여기에서 시작하는 걸로 보는 것이 좋겠다. 불법을 오래 머물도록[住] 지키고 보호하는 것[護持]이 바로 주지(住持)인 것이다.

『화엄경』「입법계품」에 '주지교법(住持敎法)'이라는 말이 나온다. 교조 석가모니의 가르침을 유지하고 끊어지지 않게 전한다는 뜻이다. 중국 선종의 총림에서는 주지라는 명

칭은 백장(百丈 720~814)스님이 처음 사용했다. 후대에 와서는 방장으로도 불렸다. 우리나라 조선시대에는 이판과 사판으로 소임이 나누어지면서 주지의 개념은 수행[理判] 공부보다는 살림살이[事判]에 비중을 두는 사판적 의미로 기우는 경향을 띠게 된다. 현재의 주지도 이 개념의 연장선상에 있는 것으로 보인다. 어쨌거나 '수행 따로 살림 따로'라는 이분적인 주지론은 극복되어야 할 부분이다.

주지 선출 방법은 사자상전(師資相傳), 법류상속(法類相續), 초대계석(招待繼席)의 세 가지 방법이 일반적으로 행해졌다. 사자상전이란 사중에서 수행을 통해 법력이 가장 높은 노스님이 그 제자 중에서 적임자를 선정하는 것이다. 법류상속은 한 문중 또는 전승되어 온 법맥이 같은 문중 스님들이 서로 협의해 인격과 덕망을 갖춘 적임자를 추천하는 것이다. 초대계석은 해당 사찰이나 문중 밖에서 적임자를 주지로 모셔오는 것을 말한다.

사자상전이나 법류상속이 현재까지도 가장 보편적으로 행해지는 방법이다. 문중 체제가 정법구주에 도움만 된다면 무슨 대수이랴마는 이는 법보다 정실에 치우치기 쉽다는 문제점이 있다. 초대계석은 초창기 해인총림 만들 때 김용사에 주석하고 있던 성철스님을 총림의 방장으로 추대한 것이라던지 최근 봉암사에서 적명스님을 수좌로 모신 것이 이런 방식의 흔적이라 하겠다.

그나저나 어찌 정법호지가 주지에게만 국한된 일이겠는가? 그러니 당연히 주지삼보(住持三寶)라는 말이 등장할 수밖에 없다. 주지삼보란 후세까지 불교를 지키고 전승하는 대상으로 불상과 탱화 등을 불보, 경률론 삼장을 법보, 출가승을 승보라고 하여 불법승 삼보 모두가 주지라는 입장이다.

주지는
복이
있어야 한다

용장(勇將) 위에 지장(智將), 지장 위에 덕장(德將), 덕장 위에
복장(福將)이라는 말이 있다. 용감한 장군, 지혜로운 장군,
덕 있는 장군도 좋지만 그래도 복 있는 장군이 제일이라는
말이다. 많은 부하를 거두려면 용맹과 지혜 그리고 덕과
함께 복이 있어야 함은 당연하다. 군대와 승단은 여러 가
지로 공통점이 많아 보인다. 그래서 임진왜란 때 이 둘을
합한 승군의 출현이 가능했던 것이다. 아마 훌륭한 군인과

훌륭한 수행자 무리의 표본을 추출하여 적성검사라도 한다면 거의 비슷하게 나올 것 같다.

많은 대중을 거느렸던 부처님도 복과 지혜를 겸비하여 양족존(兩足尊)이라고 불리지 않았던가? 주지하면 빼놓을 수 없는 것이 바로 복이다. 날렵하게 생긴 몸짱 스님이 주지 소임을 보면서부터 살이 찌기 시작했다. 하도 보기 싫어 '주지살' 이라고 놀렸더니 정색을 하고 말했다.

"살이 좀 붙어야 복이 생겨 대중을 먹여 살릴 수 있지."

주지복이란 한 산중을 꾸려가기 위한 인연을 말할 것이다.

송나라 대혜 종고(大慧宗杲 1089~1163) 선사는 『서장(書狀)』의 '고산체(鼓山逮) 장로에게 답하는 글' 에서 '주지의 다섯 가지 인연' 을 나열하고 있다.

옛날 위산 영우(潙山靈祐 771~853) 선사께서 앙산(仰山) 스님에게 '한 곳에 법당을 건립하고 종지(宗旨)를 세우려고 한다면 다섯 가지 인연이 갖추어져야 한다' 라고 말씀하셨다. 다섯 가지 인연이란 '외호인연과 단월인연과 납자인연과 토지인연과 공부인연'을 가리킨다.

관공서에서 사찰을 잘 도와주고[외호인연], 신도들이 모여들고[단월인연], 그 산에 머무르는 데 장애가 없고[토지인연], 알맞은 수의 대중이 늘 머물고[납자인연], 그리하여 공부하고 수행할 수 있는 도량이 되어야 한다[공부인연]는 뜻이다. 결국 주지복이란 이 다섯 가지가 잘 합하여 어우러진 것이라 하겠다. 하지만 가장 중요한 것은 앞의 네 가지 복은 마지막의 공부인연을 위한 것이라는 사실이다. 도연(道緣)이 전제되지 않는다면 앞의 네 가지 복은 결국 세속적인 물질적 탁복(濁福)과 조금도 차이가 없다고 할 것이다.

백장선사와
위산 영우스님의
복놀음

강원 도반 모임을 일 년에 한 번씩 갖는다. 이십여 명 남짓한데 이제 선객과 학승 몇 명을 빼고 나면 대부분이 주지이다. 물론 수말사에서 토굴까지 절의 위상과 격은 천차만별이긴 하지만. 제일 흔하게 들을 수 있는 말이 '저 스님은 복이 많아서' 혹은 '나는 복이 없어서' 라는 '복타령'이었다. 복타령과 돈타령은 같은 말인가? 다른 말인가? 잘 생각해보면 답이 있다. 복론(福論)의 압권은 백장선사와 영우스님 간에 대위산(大潙山)을 놓고 벌인 일화일 것이다.

연극의 무대에 등장하는 인물은 백장과 영우를 축으로 사마(司馬)라는 두타 수행자와 당시 수좌 소임을 보던 화림선각(華林善覺)이 조연으로 등장한다. 산중의 주인이 되기 위한 다섯 가지 인연인 외호인연과 단월인연과 납자인연과 토지인연과 공부인연이라는 복을 모두 함축적으로 표현한 흥미진진한 이야기이다.

어느 날 사마 두타가 호남(湖南)땅을 다녀와서는 백장스님에게 말하였다.

"호남의 대위산에 올라보니 그 산은 천오백 명의 납자가 살 수 있는 도량입니다."

그 말에 백장선사는 그만 귀가 솔깃해져 물었다.

"내가 가서 살 수 있겠는가?"

사마 두타는 한 마디로 잘라서 말하였다.

"스님께서 거처할 곳이 아닙니다."

"어째서 그런가?"

"스님은 골인(骨人)인데 그 산은 육산(肉山)입니다. 설사 스님께서 거처한다 하더라도 대중이 천 명도 모이지 않을 겁니다."

이 속에는 납자인연과 토지인연이 동시에 보인다. 우선 대위산 터가 백장스님과는 관상학 내지는 체질론으로 보아 맞지 않다고 했다. 토지연(土地緣)이 없다는 말이다. 그리고 백장스님이 아무리 도력이 높아도 천오백 대중을 거느릴 수 있는 복은 없었던 모양이다. 도력과 복력은 같은 듯하지만 다르다는 것을 보여준다.

위산 영우스님이
대위산을
차지하다

백장선사는 그 터가 아까워서 입맛을 쩍쩍 다셔야만 했다.
도인도 터에 대한 애착에서 자유롭기는 어려운 모양이다.
하긴 이즈음도 좋은 자리만 보였다 하면 이구동성으로
'토굴 지었으면 좋겠다'라고 하니. 백장선사는 확실히 큰
스님임에 틀림없다. 인연이 아닌 줄 알고 재빨리 포기하신
태도가 대인다운 풍모를 유감없이 보여준다. 이후 제자를
보내기로 마음을 바꾸어 먹었다. 만날 어리게만 보여도 그

게 아니다. 제 몫은 누구라도 인연이 닿으면 해내기 마련
이다.

두 후보가 나왔다. 제1좌(第一座)인 화림 선각스님과 후원
에서 별좌(典座) 소임을 보고 있던 영우스님이었다. 두 스님
을 보고는 사마 두타는 영우스님을 추천하였다. 사마 두타
가 어떤 인물인지는 알 수 없으나 두타행으로 신통력이 생
겼는지 걸음걸이 모양을 보고 주지감을 판정해준다. 수좌
를 제치고 후원의 새까만 별좌를. 문제는 여기에서 발생했
다. 당연히 선각스님이 이의를 제기하였다.

"제가 대중의 우두머리인데, 영우가 어찌 그 산의 주지
를 할 수 있는지요?"

스승이 터에 대하여 마음을 비우고 나니 이번에는 제자
들 간에 또 야단이 났다.

백장스님은 걸음걸이의 모양으로 '너는 주지가 되기에
부적합하다'고 말할 수는 없는 일이다. 안목이 얼마나 훤
출한가를 확인해야만 했다. 시자에게 (뒷물용)물병을 가
지고 오게 했다. 그리고 물병을 가리키며 물었다.

"물병이라고 해서는 안 된다. 화림 자네는 뭐라고 부르겠느냐?"

"(똥)막대기라고는 하지 못 할 것입니다."

백장스님은 인정할 수가 없었다. 다시 영우스님에게 물었다. 그러자 그는 물병을 발로 차서 거꾸러뜨리고는 바로 나가버렸다. 백장스님은 웃으면서 말씀하셨다.

"제1좌인 화림이 도리어 별좌인 영우에게 졌구나!"

그리하여 백장스님은 드디어 영우스님을 인연터인 대위산으로 보내게 된다. 물병도 잘 걷어차면(다른 자리에서 주지하겠다고 일주문이나 법당 앞에서 발길질하면 절대로 안 됨) 주지가 될 수 있다는 것을 보여주면서.

드디어
천하제일의 사찰을
완성하다

영우스님은 스승과 사형이 함께 욕심을 낸 곳이기에 잔뜩 기대를 하고 대위산으로 갔다. 그런데 그게 아니었다. 천오백 명의 대중을 거느릴 천하제일의 복지(福地)라기에는 너무 형편없었다. 험준한데다가 인기척마저 전혀 없는 외진 곳이었다. 그럼에도 얼마 동안 천오백 명의 대중을 거느릴 수 있다는 희망에 부풀어 즐겁게 살 수 있었다. 그런데 오륙 년을 지나도록 천오백 명은 고사하고 찾아오는 사람이 단 한 명도 없는 것이었다.

"내가 본래 주지를 하려는 목적은 중생을 제도하려는 것이었는데, 사람이 오가질 않으니 나 자신에겐 조용하고 일 없이 수행하긴 좋지만 무엇을 구제하랴."

표현은 이같이 점잖게 했지만, 모르긴 해도 혼자서 몇 년을 살다 보니 외롭기도 하고, 스승인 백장 회상에서 별 좌할 때가 더 좋았다고 후회했을지도 모른다. 그렇다고 해서 다시 돌아갈 수도 없고. 어떻게 해서 토지인연은 지었는데 납자인연과 단월인연이 전혀 없어 저으기 실망스러웠다. 참는 것도 한계가 있다. 자존심이 좀 상하긴 했지만 도저히 더 이상 살 수가 없어 결망을 멨다. 그리고 산 아래를 향하여 고개를 푹 숙인 채 터덜걸음으로 내려갔다. 얼마나 걸었을까? 산어귀에 이르니 뱀, 호랑이, 이리, 표범 등이 길을 가로막고 있는 게 아닌가? 이것을 본 영우스님은 마음에 짚이는 것이 있었다.

"무슨 뜻인지 알겠다. 내가 이 산과 인연이 없다면 너희들은 나를 잡아먹어라. 내가 이 산과 인연이 있다면 이제 그만 흩어지거라."

　말을 마치자 짐승들은 사방으로 흩어졌다. 스님은 마음을 고쳐먹고 다시 토굴로 올라왔다. 이후 채 일 년도 지나지 않았는데 납자들이 몰려오기 시작했다. 산 아래 마을의 사람들이 자기 집처럼 드나들더니 어느새 번듯한 절까지 지어 주었다. 대장군 이경양(李景讓) 거사가 황제께 아뢰어 동경사(同慶寺)라는 이름을 내리게 했고, 정승인 배휴(裵休 797~870) 거사가 출입을 하기 시작했다. 그리고 천하에 내로라하는 선객들이 모여들더니 금방 천오백 대중이 되었다. 금상첨화로 똑똑한 제자 앙산 혜적(仰山慧寂 803~887)까지 얻었다.

　이렇게 하여 영우선사는 위앙종(潙仰宗)의 본산인 대총림의 명실상부한 주지가 된 것이다.

주지는
갇혀 있는
새와 같다

해제를 하고 나서도 다니는 스님들이 별로 보이지 않는다. 고속도로 휴게소에서도 예전보다 스님네를 마주치는 빈도가 떨어진다. 설사 만나더라도 외출승이지 만행승인 것 같지는 않다.

머물고 싶은 곳에 머물고, 다니고 싶을 때 다닐 수 있는 분위기가 아니라고 한다. 주지는 객 같은 객이 없다고 야단이고, 객승은 주인 같은 주인이 없다고 빈정거린다. 주지인 청산(靑山)과 객승인 백운(白雲)이 각각 따로 놀고 있다. 백운도 언제든지 청산이 될 수 있고 청산 역시 언제든지 백운이 될 수 있다는 사실을 알아야 한다. 그래서 주인은 손님처럼 손님은 주인처럼 살아야 한다. 더불어 주지는 주지답게 객승은 객승답게 서로 배려해야 한다. 그래서 마조(馬祖 709~788)선사는 '항상 다니기만 하고 머물지 말라는 법은 없고, 항상 머물기만 하고 다니지 말라는 법도 없다'고 했던 것이다.

공부한답시고 늘 운수행각만 일삼는 나그네인 약산 유엄(藥山惟儼 745~828)스님에게 회상을 열어 주지로서 머물기를 청하는 마조스님의 이야기는 좋은 사례가 된다.

약산스님은 처음에 석두(石頭 700~790)스님을 찾아갔다. 그러나 석두스님은 당신과 인연이 없다고 하여 마조스님의 처소로 보낸다. 욕심 중에 최고 욕심이 사람 욕심일진대 이것도 쉬운 일은 아니다. 그러기에 '호남의 석두'라는 말을 들을 수 있었다. 석두와 더불어 강서의 마조스님은 당대 최고의 선승이다. 이 두 선사의 회상에 기라성 같은 납자들이 모여 있었다. 그래서 '강호제현(江湖諸賢)'이란 말의 유래가 되었다. 물론 강호는 강서(江西)와 호남(湖南)을 가리킨다. 뒷날에는 '천하' '온 세상'이라는 뜻으로 바뀌어 사용될 정도로 천하 인재들이 모여들었다. 거기서 인정받아야 그래도 '공부 좀 제대로 하는 놈' 소리를 들을 수 있었다.

약산스님이 마조선사의 회상에서 삼 년을 지냈다. 어느 날 마조선사가 물었다.

"요사이 공부 경지는 어떠한가?"

"껍데기는 다 벗겨지고 알맹이 하나만 남았을 뿐입니다."

"그 정도 경지인데 왜 법석을 마련하지 않는가?"

"제가 무어라고 감히 주지 노릇을 한다고 하겠습니까?"

"그렇지 않네. 항상 다니기만 하고 머물지 말라는 법은 없고, 항상 머물기만 하고 다니지 말라는 법도 없다네. 마땅히 나룻배를 만들게."

그 바람에 할 수 없이 마조스님을 하직하고서 한 산문(山

門)의 주인이 되었다.

그래도 그의 마음은 늘 운수납자였을 것이다. 백운 수단(白雲守端 1025~1072)선사가 이 심정을 함축적으로 표현한 명언이 있다.

"주지는 새장 속에 갇힌 새와 같다. 그렇다고 해서 절대로 날아다니는 것까지 잊어버린 것은 아니다(住持者 如籠中鳥 不忘飛去)."

세력을 부리면
시기와 모욕을
받게 된다

모 스님이 성철스님 모시고 총림의 주지를 할 때 일이다. 대중이 하도 소임자들에게 어깃장을 놓는지라 도저히 속이 시끄러워 살 수가 없었다. 선승답게 걸망을 싸버릴까 어쩔까 하다가 그래도 형식은 갖추어야 하겠기에 백련암으로 올라갔다. 사표장을 호주머니에 넣고서. 저간의 사정을 가만히 듣고 있던 성철스님께서 한마디 하였다.

"그래도 그런 대중이라도 있으니 니하고 내하고 다 어른

노릇하고 사는 거 아이가."

그만 말문이 딱 막혀버렸다. 호주머니 속 사표는 꺼내보지도 못한 채 큰절로 내려와야만 했다. 한 생각 돌이키니 미워 보이던 대중이 그렇게 괜찮아 보일 수가 없었다. 한가한 절에서 편안하게 대충 살지 않고 그래도 공부해 보겠다고 엄격한 대중처소에 와 준 것만 해도 고마운 일이라는 생각이 들었다. 그래서 그 이전보다 더 열심히 대중을 시봉하는 자세로 소임을 살 수 있었다.

하긴 대중처소 주지하는 일이 어디 그리 쉬운 일인가? 그렇다면 주지의 장수 비결은 무엇인가? 오조 법연(五祖法演 ?~1104)선사가 그에 대한 답을 이미 오래전에 내린 바 있다.

불감 혜근(佛鑑慧懃 1059~1117)스님이 처음 서주(舒州) 태평사(太平寺) 주지를 맡아 달라는 청을 받았다. 모시고 있던 오조 스님께 하직 인사를 하러 가니 스님께서 당부하였다.

"절의 주지는 자기를 위해 네 가지 조심해야 할 점이 있다. 첫째, 세력을 다 부려서는 안 된다. 둘째, 복을 다 누려서는 안 된다. 셋째, 규율을 다 시행해서는 안 된다. 넷째,

좋은 말을 다 해서는 안 된다. 무엇 때문인가? 좋은 말을 모두 다하면 사람들이 반드시 쉽게 여길 것이다. 규율을 원칙대로 다 시행하면 사람들이 반드시 번거롭게 여길 것이다. 또 복을 다 누리면 반드시 재앙을 불러들이게 된다. 세력을 다 부리면 반드시 시기와 모욕을 당하게 된다."

천동 함걸(天童咸傑 1118~1186)스님도 '주지론'을 피력해 놓은 것이 있다.

"주지는 세 가지 하지 말아야 할 것이 있다. 일이 번거로워도 두려워 말아야 한다. 일이 없다고 해서 굳이 찾지도 말아야 한다. 시비분별을 말아야 한다. 주지하는 사람이 이 세 가지 일에 통달한다면 바깥경계(外物)에 끄달리지 않으리라."

그렇다. 물이 너무 맑으면 고기가 모이지 않는다. 대중 소임자인 주지가 너무 상근기의 수준으로 맞추다 보면 대중이 몇 명 남지 않아 결국 법당 앞에 풀이 한 길이나 자라게 될 것이다. 힘도 아끼고, 복도 아끼고, 법도 아끼고, 말도 아끼고, 일을 두려워하지 말고, 또 없는 일을 억지로 만들지 않아야 한다는 것이 두 원조(元祖) 주지학(住持學) 대가 (大家) 스님들의 당부 말씀이라 하겠다.

주지는
솔선수범해야
한다

경허(鏡虛 1846~1912) 스님의 「참선곡」에 나오는 '…예전사람 참선할제 하루해가 지게 되면 다리 뻗고 울었거늘 나는 어이 방일한고…' 라는 구절의 주인공은 일반적으로 권(權)선사로 알려져 있다. 행자 때 『행자수지(行者受持)』라는 누런 표지의 좀 조잡하게 만들어진 의식집(儀式集)의 부록 속에서 이 이름을 처음 보았다. 처음에는 권씨 성을 가진 조선시대의 어느 스님인 줄 알았다. 나중에 세월이 흘러 『인천보

감』을 보다가 권선사의 행적을 발견하였다. 중국 송나라 때 스님이었다. 정식 이름은 이암 유권(伊庵有權 ?~1180)으로 임제종 양기파라고 소개하고 있었다. 괜히 반가웠다. 누굴까? 어떤 분인가? 하고 늘 궁금하게 생각하다가 이렇게 행적을 구체적으로 확인할 수 있을 때 느끼는 기쁨도 쏠쏠한 것이다. 얼마나 정진을 열심히 했는지 저녁부터 시작한 정진이 새벽을 지나 아침이 되어 죽을 돌리는 사람이 앞에 와도 발우 펴는 것을 잊고 있을 정도였다. 하루해가 저물면 반드시 눈물을 흘리며 "오늘도 이렇게 시간만 보냈고 내일 공부도 어떻게 될지 알 수가 없구나"하면서 탄식하였다고 적고 있다. 이번에 제대로 원문까지 확인해 본 셈이다.

권선사 역시 주지론을 피력해 놓은 게 있어 눈이 번쩍 뜨였다. 덤으로 얻은 셈이다.

공부를 어느 정도 마치고서 뒷날 만년사(萬年寺)의 주지가 되었다. 천 명이 넘는 대중은 늘 법도가 살아 있었으며 항상 질서정연하였다. 그 비결은 선사께서 늘 대중과 함께하면서 수행했기 때문이다. 아마 당시에도 위세를 떠는 것이 일반적 주지상(住持像)이었던 모양이다.

상서(尙書) 벼슬을 하던 우포(尤褒)라는 거사도 그런 주지의 모습에 익숙했는지 이렇게 솔선수범하는 스님의 자세에 의아하게 여기면서 물었다.

"주지는 편안히 앉아서 법을 설하면 될 일인데 어째서 몸소 고행까지 하십니까?"

이에 권선사는 의미심장한 말을 한다.

"그렇지 않습니다. 말법시대의 비구들은 증상만(增上慢, 거만한 것)이 있어 깨닫지도 못하고서 깨달음을 얻었다고 떠들면서 행동은 제멋대로 합니다. 내가 몸소 실천해도 오히려 따라오지 않을까 두려운데 하물며 감히 스스로 편하려고 할 수 있겠습니까?"

그렇다. 먼저 모범을 보이면 모든 것이 물 흐르듯 자연스럽게 따라가게 되는 것이다.

불지 유(佛智裕) 화상은 '도덕, 언행, 인의, 예의가 주지의 요체'라고 하여 이를 보충하고 있다. 도덕과 언행은 소임자에게 해당되는 말이고, 인의와 예의는 대중에 해당되는 말이다. 주지는 도(道)와 덕(德)을 높이고 언행을 지키며, 대중은 인의가 있고 예법을 따라야 한다는 말이다. 결국 '그 나물에 그 밥'이듯 '그 주지에 그 대중'인 셈이다. 대중과 주지도 한 공간에서 사는 한 동업(同業)일 수밖에 없는 까닭이다.

삼십 년 동안 탁발로 대중을 시봉하다

예나 지금이나 부유한 절은 주지를 할 사람이 많아서 탈이고, 가난한 절은 맡을 사람이 없어서 문제다. 중생세계는 어디건 빈부의 차이가 있기 마련이다. 사찰도 마찬가지다. 가난한 절은 집만 지켜주어도 고마울 정도이다. 가난한데다가 대중으로 늘 붐비는 별볼일없는 공찰(公刹)을 원력으로 번듯하게 꾸며놓은 혜연(惠淵)스님의 이야기는 오늘날 우리에게 많은 교훈을 준다.

홍주(洪州) 땅의 혜안사(慧安寺)는 산문이 길 바로 옆에 있었고 교통요지에 있는지라 늘 객들이 들끓었다. 게다가 변변한 재산이 없어 오랫동안 주지 자리가 비어 있었다. 홍주 태수(太守)가 보봉사(寶峰寺)의 진정(眞淨)스님에게 서신을 보내 적임자를 추천해달라고 부탁하였다. 그러나 노장급은 말할 것도 없고 중진급에서도 어느 누구 하나 선뜻 나서는 사람이 없었다. 갖가지 이유를 대면서 서로 미루기만 하였다. '가봐야 생기는 것도 없이 피곤하기만 하다'는 것이 실제 이유이지만 그걸 밖으로 노골적으로 드러낼 수야 없지 않은가? 이 말을 듣고 대중 속에서 그냥 묵묵히 지내기만 하던 젊은 혜연 수좌가 그 소임을 지원했다. 곧 임명장이 나왔고 그 길로 곧장 떠날 준비를 하고 있는데 제일수좌인 담당(湛堂)스님이 물었다.

"자네는 그곳에 가서 어떻게 주지를 하려는가?"

"저는 복이 없는 사람입니다. 스스로 걸망을 등에 지고 거리에 나가 목탁을 두들기면서 탁발로써 대중을 시봉할 것입니다."

부임하는 날부터 하루도 쉬지 않고 날마다 화주를 다녔다. 객을 만나면 절 안으로 맞이하여 '밥이 될 때까지 기다리라'고 하고는 바로 부엌으로 들어갔다. 이처럼 삼십 년간 비바람이 몰아쳐도 변함없이 객 스님 시봉과 탁발을 계속한 결과 불전(佛殿)과 장서각(藏書閣), 나한당(羅漢堂)을 새로 지었고 그 외 절에 있어야 할 것을 모두 갖출 수 있었다.

알고 보면 그 비결은 별것 아니다.

승속의 청을 받으면 한 걸음에 달려가서 지성껏 염불을 해주었다. 절대로 시주가 많고 적음은 헤아리지 않았다. 더러는 한 푼을 받지 못하여도 그것을 마음에 두지 않았다. 그래서 그 집에서 다시 부르면 달려가서 처음같이 해줄 수 있었다. 평등한 마음으로 모든 이를 차별없이 대한 것이 오랜 세월 공덕이 쌓여 사세(寺勢)를 키운 힘이 된 것이다.

좋은 수행 환경을
후학에게
물려주어야 한다

암행어사 박문수가 오대산 적멸보궁에 들렀다가 그 자리의 풍수지리적 절묘함에 감탄했다는 말이 오늘날까지 전설처럼 전해진다.

"이런 천하의 명당에 조상의 묘(부처님 진신사리를 말함)를 썼으니 후손들(스님네를 지칭)이 저렇게 편안하게 일도 하지 않고 사는 게지."

비난인지 칭찬인지 도무지 분별할 수 없는 말이긴 하지

만, 어쨌든 현재의 승가 역시 조상의 덕을 톡톡히 보고 있는 것만은 부정할 수 없는 사실이다.

송나라 굉철면(宏鐵面)선사가 살고 있던 곳 역시 명당으로 소문이 나 있었다. 그러던 어느 날 행세깨나 하는 높은 관리가 묘지를 택해놓고는 친히 관을 가지고 온 것이다. 사태가 워낙 화급한지라 별다른 방법이 없었다. 굉선사는 파놓은 구덩이로 관보다 먼저 들어가 반듯이 누워 버렸다. 밀고 당기는 실랑이가 벌어졌다. 도저히 장례를 치를 수가 없었다. 이번에는 회유책으로 나온다.

"전해오는 말에 '천년의 상주물이요, 하루아침의 승려다' 라고 하였는데 스님께서는 어찌하여 이렇게 굳이 다투려고 하십니까?"

잠시 살다가 갈 사람이니 모른 체하고 그냥 눈감아달라는 말이다. 물론 명당을 사용하는 대가로 적지 않은 금품도 약속했을 것이다. 그러나 선사는 단호한 어조로 말했다.

"하루아침의 승려로 인하여 천년의 상주물이 파괴되어서는 안 됩니다."

내 개인적인 이익을 위하여 승가의 세세생생 수행 터전을 파괴할 수 없다는 입장을 다시 한 번 확인시켰다. 결국 다른 곳으로 장지를 물색하러 떠날 수밖에 없었다.

절 자리는 풍수지리학적으로 대부분 명당에 속한다. 그러다 보니 법당 마루 밑에서 심심찮게 뼈 무더기가 나오곤 했다. 가난한 후손들이 발복(發福)하여 잘 살아보겠다고 몰래 갖다놓은 까닭이다. 이 정도는 애교에 가깝다. 절 산에 몰래 무덤을 쓰는 경우도 흔하다. 속이기 위해 평장(平葬)을 한다. 심지어 조선조 말 흥선대원군은 명당으로 지목된 가야사라는 절을 방화로 폐사시킨 후 법당 자리에 아버지의 무덤을 만들기도 했었다.

산 지키고 나무 돌보는 것을 요즈음 말로 하면 수행 환경 보존이라 할 수 있겠다. 그러한 일념으로 신명을 아끼지 않은 굉철면선사는 주지의 또 다른 귀감이라 하겠다. 천년 후에 조상의 덕을 계속 칭송하게 하려면 우리 역시 자연·문화·수행환경 보존에 최선을 다해야 할 것이다.

'법'이 '밥'보다
우선해야 한다

전통 사찰은 대부분 많은 농지를 가지고 있다. 지금이야 농지 수입이 전체 예산에서 차지하는 비중이 얼마 되지 않지만 예전에는 절대적이었다. 따라서 한 해 농사의 결과가 어떠냐에 따라 주지 스님의 법력(法力)과 복력(福力)이 드러나는 것이다.

그때나 지금이나 대중은 법은 기본이고 아울러 경제적으로 능력 있는 주지를 원했던 모양이다. 오조 법연선사가 영원(靈源) 화상에게 보낸 편지에도 이런 주지의 애로를 은연중에 드러내 보인다. '밥'을 '법'으로 극복하고자 하는 의지가 곳곳에 보인다.

"금년 여름 모든 농장에 낟알과 쌀알을 제대로 거두지 못한 것은 근심거리가 아니다. 정말 근심해야 할 것은 수백 명의 납자들이 여름 한 철 결제를 나면서 한 사람도 '개에게도 불성이 있습니까?' 하는 화두를 뚫지 못한 것이다. 불법이 장차 멸할까 염려하노라. 그러니 수입의 많고 적음과 산문의 크고 작음으로써 경중을 삼으며, 쌀과 소금 따위의 사소한 살림살이로 급함을 삼겠는가."

절의 살림살이는 교(敎)를 일으키고 도(道)를 전하는 데에 그 필요성이 있다. 교가 널리 퍼지지 못하고 도가 후대에 전수되지 않는다면, 날아갈 듯한 전각과 기러기처럼 늘어선 탑, 그리고 돈과 곡식이 대천세계에 넘칠지라도 도대체 무슨 의미가 있겠는가? 오히려 교(敎)와 도(道)의 허물만 늘어나게 할 뿐이다.

그래서 부용 도해(芙蓉道楷 1043~1118)선사는 주지 진산법회의 법상에서 이렇게 '지휘 방침'을 대중에게 먼저 주지(周知)시켰다.

"이제부터 산에서 내려가지 않을 것이며, 신도들이 베푸는 공양에도 가지 않을 것이며, 화주(化主)를 보내지도 않을 것이다. 오직 절에서 일 년 동안 수확하여 거둔 것을 360등분 하여 하루에 한 분만을 사용할 것이며, 사람 수에 따라 늘이거나 줄이지 않을 것이다. 밥을 먹을 만하면 밥을 짓고, 밥을 짓기에 부족하면 죽을 쑤고, 죽을 쑤기도 부족하면 미음을 끓일 것이다. 다른 일은 애써 줄이고 오직 도를 결판하는 데에만 마음을 기울일 것이다."

밑에 앉아서 새 주지에게 은근히 '뭔가'를 기대하던 대중의 이마 찡그리는 소리가 귀에 들리는 것 같다. '도(道)와 돈(錢)이 둘이 아니다'라는, 요즈음 같아선 무능한 주지로 찍히기 딱 알맞을 소리이다.

하지만 수행자의 목숨은 혜명(慧命)이라고 하지 않았던가. 공부 없이 몸만 유지하려 든다면 '똥자루' '피고름 주머니'라는 극단적인 소리를 들을 수밖에 없다. '법'과 '밥'

의 전도몽상(顚倒夢想)을 원리(遠離)해야 함을 오조 법연스님
과 부용 도해선사는 주지론에서 강조했던 것이다.

주지의
자질론

어떤 사람이 주지를 해야 하는가? 이른바 주지의 '자질론'
이다. 설사 자질 있는 사람이 모자라 절을 비워두는 한이
있더라도 주지는 제대로 된 사람이 나가야 한다는 원론에
이의가 있을 수 없다. 그것이 아무리 '이상론'이라 해도 원
칙은 있어야 할 것 같다.

　법원 원감(法遠圓鑑 991~1067)스님의 주지 자질론은 어짊[仁]
과 밝음[明] 그리고 용기[勇]라고 규정짓고 있다.

어짊이란 도덕성을 갖추고서 교화를 하며, 상하(上下)를 편안하게 하여 오가는 사람을 기쁘게 해주는 것을 말한다. 결국 대중정서를 잘 읽을 줄 아는 능력이 있어야 한다는 말이다.

밝음이란 예의를 지키고 안위(安危)를 구별할 줄 알며, 제대로 된 사람과 어리석은 자를 살피면서 옳고 그름을 제대로 분별할 줄 아는 것을 말한다. 안목을 가지고 일의 흐름을 정확하게 읽으면서 문제 해결을 위한 능력을 갖추고 있어야 함을 말한다.

용기는 과단성 있게 일을 처리하고, 한번 등용했으면 의심하지 않으며, 간사하고 아첨하는 이를 반드시 제거해야 한다는 말이다. 모든 것이 다 사람의 일이다. 인사(人事)가 만사라고 했다. 예로부터 사람은 의심나면 쓰지 말고, 등용했으면 의심하지 말라고 했다. 절 일도 결국 사람의 일이다. 제대로 된 사람 키우기가 결국 그 사찰을 번성하게 하고 따라서 결과적으로 교단을 튼튼하게 만든다. 사람 키우는 것을 용기라고 했다. 참으로 적절한 표현이라는 생각이 든다.

스님은 이 세 가지의 나열에 그친 것이 아니라 그 세 가지의 상관관계까지 적절한 비유로 설명하고 있다. 게다가 이 세 가지를 다 갖추면 총림이 일어날 것이요, 하나가 모자란다면 다소 기울 것이며, 두 가지가 부족하면 위태로울 것이고, 셋 중에 하나도 없으면 불법은 폐지되고 말 것이라는 평(評)을 함께 붙였다.

먼저 인과 명의 관계이다. 어질기만 하고 밝지 못하면 마치 밭이 있어도 갈지 않는 것과 같다고 했다. 바탕이 아무리 뛰어나도 개발하지 않으면 아무 소용이 없다. 다음은 명과 용의 관계이다. 밝기만 하고 용기가 없으면 싹은 자랐으나 김을 매주지 않는 것과 같다고 했다. 모든 일은 끊임없는 노력이 필요한 과정일 뿐이라는 사실을 명심해야 한다.

마지막으로 용과 인의 관계이다. 용기만 있고 어질지 못하면 거두어들일 줄만 알 뿐 파종할 줄 모르는 것과 같다는 것이다. 일확천금을 노리는 도박꾼 심보다. 모든 주지

분규는 대부분 여기에 해당되는 것 같다. 곳곳에 용만 넘치니 조용할 날이 없을 수밖에.

이미 용을 갖춘 자는 주지가 되고 싶다면 인과 명을 갖추기 위해 노력해야 한다고 이미 그 시절(송나라 시대)에 말씀해 놓았다니 그저 놀라울 뿐이다.

떠내려오는
나물 한줄기에서
법을 보다

사무실 냉장고를 청소했다. 많은 사람이 사용하고 또 주인이 자꾸 바뀌다 보니 버리기에는 아깝고 먹기엔 부담스런 것들이 잔뜩 쌓여 있다. 지난겨울을 이 냉장고에서 난 것까지 있다. 오늘은 눈 질끈 감고 모조리 끄집어냈다. 내용물과 포장 껍질을 분리했다. 그렇게 까 놓으니 생각보다는 부피가 작아 미안함이 좀 덜어졌다. 알맹이만 산으로 가지고 갔다. 오솔길에서 좀 떨어진 호젓한, 짐승들이 올 만한 곳 여기저기에 나누어서 조금씩 뿌렸다. 사람이 안 먹으니 짐승이라도 먹게 하려는 배려라고 스스로를 위로했다. 그 럼에도 마음 한 켠은 영 개운치 않았다. 이 모습을 설봉 의 존(雪峰義存 822~908) 선사가 보았다면 뭐라고 했을까?

당나라 때 일이다. 설봉(雪峰), 암두(巖頭), 흠산(欽山) 스님 이 함께 길을 떠났다. 신오산(新吳山)에 선지식이 살고 있다 는 소문을 듣고 그곳으로 가던 중이었다. 가도 가도 끝이 없었다. 절이 얼마나 남았는지 알 수조차 없는 심심산골이 었다. 마침 개울물에 징검다리가 나타났다. 쉴 겸 해서 물 가에 여장을 풀고 발을 담갔다. 한참 물장구를 치고 있는 데 물 위로 나물이 떠내려오는 것이었다. 그러자 이를 발 견한 한 스님이 지쳐 있다가 너무 좋아서 두 도반을 보고 서 말했다.

"이제 다 온 모양이다. 이 시냇물을 따라 올라가면 그곳 에 도착할 수 있을 것이다."

떠내려오는 나물이 절의 위치를 알려주는 이정표 역할 을 한 셈이다. 그러자 고지식한 설봉스님은 발끈 화를 내면서 말했다.

"나물을 버리다니. 저렇게 복을 아끼지 않는 사람이 설사 아무리 깊은 산중에 산다고 한들 무슨 공부를 했겠는가?"

기록은 여기서 끝이다. 당장 '돌아가자' 라고 하면서 걸망을 주섬주섬 챙겼을 모습이 그려진다.

그런데 전해오는 이야기는 좀 더 계속된다. 그 내용만으로 뭔가 부족하다고 느낀 모양이다. 지대방에서 입담 있는 스님이 보탰는지도 모르겠다. 혹 설봉스님의 이야기가 아니라 또 다른 경우가 있었을 것이라고도 상정해 볼 수 있겠다.

"모두가 돌아서려는데 웬 노장님이 다리를 절면서 헐레벌떡 그 나물을 찾아서 쫓아오는 것이었다. 그 광경을 보고서 납자들은 서로 의미심장한 미소를 주고받으면서 그 선지식의 처소로 함께 갔다."

어쨌든 추가된 부분이 있건 없건 진정한 공부인이라면 시주물을 아껴야한다는 사실을 강조한 점은 아무런 차이가 없다 하겠다. 묵은 냉장고를 정리하는데 이 이야기는 왜 주책없이 떠오른담. 다행히 주지가 아니기에 망정이지 주지였다면 대중이 모두 도망갔겠다.

공과 사를
제대로
구별해야 한다

호용죄(互用罪)란 용도를 바꾸어 쓰는 허물을 말한다. 가령 개인돈이 없어 공금을 미리 좀 당겨쓰고 나중에 개인 돈으로 다시 보충해 놓는 것 등이다. 호용죄를 가장 압축적으로 표현한 말은 '군인이 하는 일은 모두가 작전이고, 관료가 하는 일은 모두가 공무이고, 스님네가 하는 일은 모두가 불사'라는 우스갯소리일 것이다.

송나라 때 동산 연(東山淵)선사가 동산사(洞山寺)에서 오봉사(五峰寺)로 옮겨왔을 때 일이다. 부젓가락을 보니 동산사에서 쓰던 것과 같았다. 그래서 시자에게 물었다.

"이것은 동산사 방장실의 물건이 아니냐?"

"그렇습니다. 여기나 저기나 절집에서 쓰는 물건이라 그냥 가지고 왔습니다."

그러자 연선사가 타일렀다.

"무지한 너희들이 인과법에 섞어 쓰는 죄[互用罪]가 있는 줄을 어찌 알겠느냐?"

이렇게 나무라고는 얼른 돌려보냈다고 한다. 이는 스승이 제자를 꾸짖은 경우이다. 반대로 제자가 스승의 허물을 지적해준 경우도 있다. 스승이고 주지인 오조 사계(五祖師戒)선사에게 생강을 판 동산 자보(洞山自寶)스님이 그 주인공이다.

자보스님은 일찍이 오조산에서 창고를 담당하는 소임을 보고 있었다. 그때 마침 사계선사는 감기가 들어 약을 달이기 위하여 행자를 창고로 보내 생강을 얻어오게 하였다. 이에 자보스님은 공사를 구별하지 못하는 행자를 꾸짖고는 생강을 내주지 않았다. 행자가 이 사실을 아뢰자 사계선사는 바로 알아차리고서는 개인 돈을 주며 사오도록 했다. 자보스님은 그제야 비로소 생강을 내주었다. 공적인 일에는 설사 스승이라고 할지라도 이렇게 예외가 없었다. 그런 제자를 스승은 이해하고서 생강을 사서 개인 용도로 썼다. 아마 그러한 기억이 자보를 두고두고 기억하게 했을 것이다. 그 후 규주(筠州) 동산사에 주지 자리가 비게 되었다. 군수는 사계선사에게 서신을 보내 아는 사람 가운데 주지를 천거해 달라고 부탁하였다. 사계선사는 '나에게 생강을 팔 정도면 주지를 할 만하다'고 하면서 마침내 자보를 동산사의 주지로 추천하였던 것이다.

주지는 개인소유와 사찰소유를 분명히 해두어야 한다. 봉은사에 오래 주석하신 영암(映巖 1907~1987)스님은 개인 돈과 절 돈을 호주머니를 달리해 넣어두었다고 한다. 어느 절에 사실 때 개인 일로 서울에 다녀오면서 절 인근 도시에서 차비가 떨어졌다. 할 수 없이 절까지 걸어왔다는 것이다. 절 돈을 담아두는 호주머니엔 많은 돈이 있었음에도 그건 한 푼도 손대지 않았던 것이다. 사사로는 수레와 말까지도 지나갈 수 있지만 공적으로는 바늘 하나라도 용납할 수 없다. 공과 사는 엄격하게 구별되어야 한다.

겉보리 서 말만 있으면
말사 주지는
하지 말아라

말사 주지를 오랜 지낸 스님과 함께 길게 이야기한 적이 있다. 늘 본사에서만 살아온 나로서는 전혀 다른 세계의 이야기를 듣는 것 같았다. 교단도 총무원, 본사, 말사로 이어지는 행정체계를 갖추다보니 행정력 앞에 법랍 혹은 수행력은 간 곳이 없더라는 것이다. 본사 소임자라고 법랍이나 세납도 모자라고 더더욱 수행 경력도 없으면서 명령적으로 나오는 것이 가장 고역이라고 했다. 재정적 어려움은 부차적이라는 것이다. 그리고 현재의 체제로는 본사만 필요 이상으로 비대해지고 따라서 지역 불교의 중심인 말사는 날로 피폐해질 수밖에 없는 구조라는 것이다. 지역 신앙의 구심적인 성보마저도 보관이 어렵다는 이유로 (반 강제로)본사로 옮겨지는 그런 상황에서 말사 주지는 더더욱 무력감에 빠질 수밖에 없다는 것이다.

일본의 백은(白隱 하쿠인 1685~1768)선사 역시 그 높은 수행력과 명성에도 불구하고 말사에 산다는 이유 하나로 본사의 무례한 행정 명령 앞에 손사래를 쳐야 했다. 한 번은 이런 일이 있었다. 다른 절에 법사로 초청되어 가는 길에 본사 앞을 지나가게 되었다. 가는 길은 비가 내리고 또 바람도 불어 날씨가 불순하기 이를 데 없었다. 그래도 그냥 지나갈 수가 없어 인사치레로 시자를 대신 보내고 당신은 일주문 밖에서 기다리고 있었다. 한참 후에 시자가 사색이 되어 쫓아나온 것이었다. 결국 "발칙하다"는 소리를 듣고는 할 수 없이 직접 가서 인사를 해야 했다. 또 어느 날이었다. 본사에서 보살계 대법회를 준비하는 중이었다. 오라고 해서 바쁜 와중에 뛰어갔다. 본인의 의사는 물어보지도 않고 일방적으로 '계사(戒師)에 임명한다'는 통보를 받아야 했다. 본사에서 말사 스님이라는 이유 하나로 '법에 관한 것'마저 행정처리를 해버린 것이다. 그것을 옆에서 지켜보고 있던 제자들이 더욱 분개할 수밖에 없었다.

"법에 관한 일은 사격(寺格)의 상하(上下)와는 다르다. 법에 관한 일을 맡기는 데 있어서 '명령한다'는 말은 있을 수 없다."

덕이 높은 스님을 모셔오는 형식을 갖추어야 옳았다. 결례인지라 썩 내키지 않았지만 법을 위해 인욕하고서 수계법회를 정성껏 치러 주었다. 그 뒤에 백은스님은 대중과 함께 차를 마시면서 가끔 이런 이야길하곤 했다.

"너희들은 겉보리 서 말만 있으면 말사의 주지는 하지 말거라."

이제 본사, 말사라는 행정적 종속관계가 아니라 교구제 차원에서 접근해야 할 것 같다. 꼭 본사에 강원, 선원, 기타 수련원, 박물관 등을 집중시킬 것이 아니라 교구 전체를 한 본사로 보고 여러 말사에 분산하는 방법도 고려해봐야 할 시점이 왔다. 교통 통신이 발달한 오늘날 지역적 거리라는 것은 예전만큼 그렇게 문제가 되지 않기 때문이다.

차나무를
베어버리다

지리산 자락에 사는 도반이 햇차를 보내왔다. 올해 들어서
처음 맛보는 작설차다. 고맙다고 전화를 했다. 차를 잘 만
드는 스님네 몇 명이 모여서 생 잎을 사서 직접 만들었는
데 자기도 한몫했노라고 자랑을 늘어놓았다. 차를 많이 사
용하는 주지 스님으로서는 찻값이 만만찮다. 절에서 일 년
내내 먹어야 함은 물론 신세 진 신도들에게 선물로는 이만
한 것이 없기 때문이다. 같은 입장의 주지 스님 몇 명이서

돈을 모아 차를 직접 만들면 일단 경제적 부담이 좀 줄게 된다. 특히 쌍계사 자락에 사는 스님네들은 이맘때쯤이면 그곳에 산다는 이유 하나로 도반들이나 신도들의 차 공물에 시달려야 하기 때문이다. 조선조 때에는 관아에 납품해야 하는 차를 감당할 수가 없어 차나무를 모조리 뽑아버리고는 다른 곳으로 도망가서 살았다고 하니 예나 지금이나 모양만 다를 뿐 주지가 차 때문에 시달리는 건 별반 차이가 없다고 하겠다.

일본의 혜현(慧玄 에겐 1277~1360) 선사 회상에서 일어난 일이다. 납자들이 대중 운력으로 열심히 차를 따고 있었다. 그런데 갑자기 비가 내리기 시작했다. 그 일을 책임 맡은 승려는 그날 안으로 모든 일을 마쳐야 했다. 그래서 비가 옴에도 계속 차 잎을 따도록 독려했다. 일을 마친 후에는 맛있는 차담을 준비하고 또 저녁에는 자유 정진을 하겠다고 대중을 구슬렸다. 선사가 이 광경을 목격하게 되었다. 책임자를 벼락같이 불렀다. 그리고 크게 꾸중을 하였다.

"어째서 대중을 비를 맞게 하느냐?"

"오늘 안으로 마쳐야 하기 때문에 어쩔 수 없었습니다."

"그렇게 급한 일이라면 차나무를 베어다가 부엌에서 그 잎을 따면 될 것 아니냐?"

그날로 모든 차나무는 바로 베어져 부엌으로 옮겨졌다. (당연히 책임자 스님은 얼굴이 사색이 되었을 것이다.)

이런 칼 같은 기개는 다른 곳에서도 그대로 나타난다.

살고 있는 절이 무척이나 낡았던 모양이다. 그럼에도 그런 것은 조금도 신경 쓰지 않았다. 한번은 고향에서 재력 있는 친척이 절에 찾아와서 스님 곁에 있는 시자에게 말했다. 물론 혜현선사가 들으라고 한 말이다.

"절을 수리하는 게 좋겠습니다. 경비는 내가 부담하겠습니다."

이 말을 듣고 있던 선사는 고함을 질렀다.

"이놈! 나만 만났으면 됐지, 절 일까지 참견해?"

대중을 그 귀한 차나무보다도 더 아끼고 여법하지 못한 불사는 아예 하려고 생각도 않는 그런 꼿꼿함이 선종(禪宗)을 지켜온 보이지 않는 힘이었던 것이다.

구들장을
파버리다

가끔 뒷방에서 한담으로 옛날에 누구누구가 어디 어디에서 구들장을 파버렸다는 이야기를 듣게 된다. 도저히 함께 살 수 없는 대중을 쫓아낼 때 마지막으로 쓰는 수법이다. 정말 구들장을 파버렸는지 어떤지는 듣기만 했지 실제로 아직까지 보지는 못했다. 하지만 그보다 한 단계 더 높은 집을 뜯어버리는 경우는 직접 보았다. 구들장이 아니라 아예 지붕기와까지 벗겨 낸 것이다. 지금도 잔디만 깔려 있는 그 집터 앞을 지나가면 집을 뜯긴 스님과 집을 뜯어낸 큰스님의 모습이 오버랩된다. 문제의 소지를 근본적으로 없애버리겠다는 서릿발 같은 청규정신의 실천이라 하겠다.

도원(道元 도오젠 1200~1253)선사는 일본 조동종의 개조로 불린다. 『정법안장』이라는 어록이 만만찮은 부피로 전한다. 아름답고 쉬운 선시도 더러더러 번역된 글로 볼 수 있다. 그리고 '구들장을 파버렸다'는 사실을 구전이 아니라 구체적인 기록으로 남긴 주인공이기도 하다.

당시 도원에게 귀의하여 도숭(道崇)이라는 법명을 받았고 세속에서 힘깨나 쓰는 실력자가 있었다. 그는 도원의 제자 현명(玄明)이라는 승려를 통해 도원선사에게 땅 이천 석을 시주하게 되었다. 그러자 현명은 자기 돈으로 땅을 사온 양 땅문서를 손에 쥐고서 대중에게 이 사실을 자랑스럽게 떠들면서 다녔다. 그리고 방장실로 들어가 그 문서를 전달했다. 현명은 스승 도원선사가 필시 그 문서를 보고서 기뻐하며 칭찬하기를 기대했다. 그러나 도원선사는 그 문서를 보고는 땅에다가 내동댕이치면서 탄식하였다. 그리고 현명을 향해 크게 꾸짖었다.

"아! 이 얼마나 더러운 마음이며 천한 마음인가? 나는 결코 명예와 이익을 위해서 법을 설하지 않았다. 권세에 아첨하고 명리를 구하는 것이야말로 법을 도둑질하는 것이요, 부처님을 파는 것이다. 그대는 실로 사자 몸 가운데 벌레이다. 그대의 마음에 일단 물들어버린 명리의 더러움은 마치 국 속에 기름이 들어간 것처럼 제거할 수가 없다. 그렇게 욕심이 나거든 그대가 그것을 받아라. 그러나 그대처럼 명리에 물든 사람을 잠시라도 이곳에 머무르게 할 수는 없다."

그리하여 도원선사는 즉시 현명스님을 절에서 쫓아냈다. 그리고 그것도 모자라 그가 이제까지 앉아서 좌선하던 마룻바닥을 부수고는 마루 밑의 흙을 2미터나 파내버렸다.

하지만 구들장이나 집은 아무나 뜯어내고 파는 게 아니다. 법을 세우기 위한 것이 아닐 때는 십중팔구 오기나 화풀이 혹은 힘자랑으로 비치기 십상이다. 구들장도 잘 파내

고 집도 제대로 뜯어내야 도원선사처럼 후세에 귀감이 될

수 있을 것이다.

법의 체면을
지킬 수 없으면
떠나야 한다

체면을 지킨다는 것도 예삿일이 아니다. 한 개인의 체면도 이러하거늘 불법의 체면은 말해서 무엇하랴. 때로는 설득으로 때로는 위엄으로 때로는 원칙적인 입장에서 많은 방편을 사용하여 문제를 해결해야 한다. '좋은 게 좋다'는 식은 절대로 좋은 것이 아니다. 불교가 발생한 인도에서 종교인 계급은 정치가보다 높은 지위를 누렸다. 그러나 중국에 오면 상황이 달라진다. 종교인 역시 백성의 한 구성원

일 뿐이다. 왕이나 관리가 신심이 있어 알아서 대접해주면 그나마 다행이었다. 여기서 부딪히는 문제는 스트레스의 차원을 넘어 때로는 죽음까지 불사해야 했다. 여산 혜원(廬山慧遠 336~416)의 『사문불경왕자론(沙門不敬王者論)』은 그런 어려움 속에서 불법의 체면을 지키기 위해 뼈를 깎는 노력의 일환으로 저술된 것이라 하겠다.

봉산 의(鳳山儀)법사는 원(元)나라 때 스님이다.

고려 부마(駙馬) 심왕(瀋王)이 황제의 칙명으로 보타관음(寶陀觀音)을 예배하러 가는 길에 항주를 지나가게 되었다. 그는 주머닛돈(자기 개인돈)으로 명경사(明慶寺)를 찾아가 재를 올리고 많은 사찰의 주지를 위해 공양하였다. 성관(省官)이하 여러 관아의 관리들이 직접 그 일을 감독하였다. 서열을 정함에 심왕을 강당의 중앙 법좌 위에 자리하고 모든 관리는 서열에 따라 법좌 위에 줄지어 앉고 사찰의 주지들은 양쪽 옆으로 앉게 하였다. 자리를 모두 안배하고 나서 봉산 법사가 맨 나중에 왔다. 이 상황을 보고서 오자마자 법좌 위로 달려가 왕에게 물었다.

"오늘의 재는 누구를 위한 재입니까?"

"많은 사찰의 주지를 공양하기 위함입니다."

"대왕께서 많은 사찰의 주지를 공양하기 위함이라 말하고서도, 이제 주인의 자리는 없고 왕 스스로 높은 자리에 앉아 모든 주지들을 양옆으로 줄지어 앉히고 심지어는 땅바닥에 자리를 깔고 앉아 있는 자도 있으니, 이는 순라 도는 병졸들을 공양하는 것과 무엇이 다르겠습니까. 예법에는 이렇지 않으리라고 생각됩니다."

왕은 이 말을 알아듣고 부끄러운 마음에 사과하고 다시 자리를 배열했다.

혜홍(慧洪) 수좌는 우연지(尤延之)의 추천으로 홍주(洪州) 광효사(光孝寺)의 주지로 세상에 나갔다. 그런데 그 뒤에 우연지가 태수에 임명되었다. 그러자 초하루와 보름날에는 함께 상견례를 하는 의식이 있었는데 그때 여러 스님을 관청으로 불러들여 큰절을 한 후 물러가게 하였다. 혜홍스님은 이 말을 전해듣고 불쾌하여, 천하에 이럴 수는 없다고 생각하였다. 그리하여 북을 울려 대중을 모아놓고 법상에 올라가 주지직을 사임하고 떠나버렸다.

　남겨놓은 게송에 선사의 기개가 보인다.

　조사의 살림살이 원래 큰 것이었는데

　누가 감히 자질구레 허리 굽히랴

　안녕하소서. 현명하신 예장 태수님!

　나는 죽장에 짚신 신고 마음껏 노닐려 하오.

주변 사람을
잘 관리해야 한다

많은 정치인들이 친인척 관리를 잘못하여 곤경에 처하거나 돌이킬 수 없는 치명상을 입는 것은 매스컴이나 주변에서 익히 보고 듣는 일이다. 어찌 유명인뿐이겠는가? 세간의 범부들도 차이만 있을 뿐이지 마찬가지라 하겠다. 또 사찰이라고 해서 예외이겠는가? 절은 사부대중이 모여 사는 곳이다. 특히 주지는 대중을 통솔해야 하는 소임이기 때문에 그걸 잘못하면 결국 마지막에 피해가 돌아올 수밖에 없다. 특히 산중은 세간처럼 혈연관계가 아니라 출세간의 도연(道緣)관계로 모인 곳이기 때문에 어떻게 보면 통제가 더 어렵다. 많은 계율이 만들어졌고 지금도 계속 청규가 만들어지는 것이 그 증거라 하겠다. 모든 것은 다 사람의 일이다. 사람 관리를 잘못하면 결국 법의 훼손을 가져오게 된다. 주지된 사람은 누구나 엄하게 아랫사람을 다스려야 한다. 그러나 그것만으로는 한계가 있다. 수시로 좋은 법문을 통하여 마음에 감화를 주고 발심케 하여 법과의 인연이 얼마나 소중한 것인지를 느끼도록 해주어야 할 책임이 있다. 그러기 위해선 무엇보다도 윗사람 스스로가 절제된 삶을 통해 모범을 보여야 한다. 그래서 주지노릇은 아무나 할 수 있는 게 아니다.

천뢰 선경(千瀨善慶)스님이 가흥(嘉興) 천령사(天寧寺)의 주지로 있을 때 절의 일군이 동네 거리의 개 한 마리를 훔쳐다가 잡아먹었다. 이 때문에 천뢰스님은 '개 삶아 먹은 스님〔煮狗〕'이라는 별명을 얻게 되었다. 또 형석(荊石)스님이 고소(姑蘇) 승천사(承天寺)의 주지로 있을 때 일이다. 신도 집의 초

청을 받고 배를 타고 가는 도중에 한 마을을 지나면서 절의 일을 봐주는 처사가 그 고을의 염소 한 마리를 훔쳐서 잡아먹었다. 이 때문에 형석스님은 '염소 삶아 먹은 스님〔煮㹠〕'이라는 별명을 얻었다. 개를 훔치고 염소를 잡아먹는 일들이 두 스님과 무슨 관련이 있겠는가? 그럼에도 그 악명을 몸소 겪어야만 했다. 이는 평소에 아랫사람들을 엄격히 다스리지 못한 데에서 빚어진 결과라고 하겠다. 미래의 주지들 역시 이 두 스님의 전례를 참고로 하여 경계해야 할 일이다.

그런 의미에서 별봉 보인(別峯寶印 1109~1190)선사의 자세는 또한 하나의 귀감이라 하겠다. 설두산(雪竇山)에서 주지할 때 일이다. 제자 하나가 수좌의 허물을 일러바쳤다.

그러자 선사는 화를 내면서 큰소리로 말하였다.

"자네는 나의 제자가 아닌가. 그런 까닭에 아래위 사람들을 감싸줘야 할 처지에 있으면서 도리어 남의 허물을 이야기하느냐? 곁에 두었다간 반드시 내 일을 망치겠다."

그러고는 주장자로 때려서 내쫓아 버렸다. 이 소식을 들은 대중은 '어쩌면 그렇게 통찰력이 뛰어나신가' 하며 감탄하였다.

어른이 되면 결국 사람 보는 안목이 있어야 한다. 모자라는 녀석은 가르치고 넘치는 놈은 덜어내 주어야 한다. 그리고 곁에 두어서 안 될 놈은 쫓아버리는 것도 문제를 근원적으로 해결하는 방법이라 하겠다.

언제나
초발심으로

'사람 변했다'는 말은 개과천선(改過遷善)의 뜻보다는 '본래보다 나빠졌다'는 의미로 더 자주 쓰이는 것 같다. 평대중으로 있을 때는 '그런가 보다' 했는데 소임을 맡겨 놓으면 갑자기 표정이 근엄해지고 무게를 잡으면서 주변을 피곤하게 하는 경우도 더러더러 보았다. 납자 시절에는 그렇게 '소임자가 대중 시봉을 제대로 하지 않는다'고 욕을 해대더니 어느 날 자기가 주지가 되더니 '더 짜더라'는 말도 심심찮게 듣는다. 위치가 달라지면 사물을 보는 관점이 달라지기 때문에 변하는 것이 자연스런 일이다. 하지만 그것이 부정적인 방향으로 달라진다면 비난을 면할 수 없다.

혁휴암(奕休菴) 스님은 양주(揚州) 사람이다. 젊은 시절 회전(淮甸), 연경(燕京), 오대산 등지를 돌아다니다가 흉년을 만나 장사하는 배를 얻어 타고 명주(明州)에 왔다가 천동사에서 객승으로 살았다. 낡고 해진 승복을 입었지만 하루 한 끼 먹으면서 밤을 새워 정진하니, 예로부터 열심히 정진하던 스님들의 의젓한 풍채가 그대로 나타났다.

그러던 어느 날 봉화(奉化) 상설두사(上雪竇寺)의 주지 자리가 비게 되었다. 대중이 글을 올려 주지가 되어달라고 청하니, 혁휴암은 흔쾌히 수락하고 삿갓 하나만을 들고 그곳으로 갔다. 정말 공심(公心)으로 주지를 잘 살아보겠다고 다짐하면서.

그러나 방장실에 앉아 돈과 양곡을 관장한 지 일 년도 채 못 되어 지난날 쓰던 것을 모두 바꾸었다. 협수룩하게 낡은 승복은 이제 가벼운 털옷으로 바뀌었다. 지난날 하루

한 끼 공양은 온데간데없고 매끼마다 진수성찬을 늘어놓아야 제대로 먹은 것 같았다. 그러면서도 주변 사람들이 자그마한 계율이라도 어기면 화를 내면서 그 자리에서 일어나 몽둥이로 때렸다. 그러다가 그 사람이 땅에 엎어지면 다시 직성이 풀릴 때까지 실컷 주먹질과 발길질을 해대는 것이 일상사였다.

그러던 어느 날 사원의 재산을 모조리 긁어다가 은성(鄞城)지방의 민가를 사들여 암자로 꾸몄다. 그리고 그곳에 살면서 날마다 재산 불리는 일에만 관심을 쏟았다. 그러던 중 죽림사(竹林寺) 승려들과 가옥 관계로 관청까지 가서 소송이 붙게 되었다. 그 와중에 그동안 저질렀던 갖가지 비리와 부정이 드러나게 되었고 결국 옥중에서 죽고 말았다.

멀쩡하던 수행자가 재물을 만지면서 결국 패가망신하는 경우가 적지 않다. 돈과 명예에 초연할 수 있어야 비로소 주지를 맡을 자격이 있다고 하겠다. 그 정도는 아니더라도 인과(因果)를 진리로 받아들이는 자세가 소임자의 마음이라 하겠다. 선(善)을 가장하여 명예를 바라며, 부처님의 가르침에 욕을 끼치는 자들이 어찌 이제까지 혁휴암 한 스님에 그쳤겠는가. 스스로의 근기를 잘 헤아려 부동심(不動心)의 경지가 나타나기 전에는 함부로 주지 자리가 있다고 해서 몸을 옮길 일이 아니다. 처음에 잘하지 않는 자가 누가 있겠는가? 하지만 끝까지 마무리를 잘 짓는 사람은 또 얼마나 되겠는가. 기실 일을 맡겨보아야만 그 사람의 진면목과 공부 경지가 드러난다. 하긴 도인이 아니더라도 늘 초발심처럼 살 수만 있다면 무슨 허물이 생기겠는가.

호가호위

여우가 호랑이의 가죽을 쓰고 위세를 떠는 것을 호가호위 (狐假虎威)라고 한다. 이른바 '실세'로 불리면서 어느 날 갑자기 나타나 한 시대를 떡 주무르듯 하다가 또 어느 날 갑자기 '떡고물 운운' 하다가 흔적도 없이 역사의 뒤편으로 사라지곤 한 것이 저간의 사정이었다. 출가자 역시 마찬가지다. 그런 사람들 때문인지 몰라도 원효스님은 『발심장』에서 '수행자가 비단 옷을 입은 것은 개가 코끼리 가죽을

쓴 것과 같다[行者羅網狗被象皮]'고 후학들을 경책했던 것이다. 무엇이든지 자기 분수에 어울려야만 오랜 생명력을 지니는 것이다.

주지의 인사권이 관공서에 있던 송나라 시절에 주지 인사 역시 플러스알파가 작용하곤 했다. 하지만 낙하산 인사는 자질론으로 연결될 수밖에 없다. 이는 결국 자신을 위해서나 법을 위해서나 바람직하지 않은 결과를 빚게 될 것은 불을 보듯 뻔한 일이다.

휘동명(輝東溟)스님은 황암(黃岩) 사람이었는데 우승상(右丞相) 의방(義方)의 부인이 그의 어머니였다. 중앙에 세력가를 빽(?)으로 두고 있었으니 그야말로 안하무인이었다. 이 때문에 세력을 빙자하여 늘 선배 스님까지 멸시하곤 했다. 그러던 어느 날이었다. 갑자기 주지가 하고 싶었다. 당신이 가고자 하는 영석사(靈石寺)에는 이미 연일주(蓮一舟)선사가 법석을 펴고 있었다. 스님은 용상사(龍翔寺) 소은(笑隱)스님에게서 법을 얻고 선정원(宣政院)의 명을 받아 그 절 주지로 있던 중이었다. 그렇거나 말거나 온갖 연줄을 동원하여 휘동명스님은 연일주선사를 밀쳐내고 주지로 앉았다. 막상 주지로 들어와 보니 이 절이 소문만큼 살림이 넉넉하지도 못했다. 그리고 이 절 하나로는 성이 차지 않았다. 그래서 홍복사(鴻福寺), 안국사(安國寺) 두 사찰을 돈으로 샀다. 그리하여 한 몸으로 세 곳의 주지를 겸하면서 자기 마음대로 비행을 일삼았다.

그러던 어느 날 밤이었다. 술에 취해 잠을 자다가 깨어났다. 꿈인지 생시인지 분간이 되지 않았다. 영석사의 가람신이 나타나더니 도깨비를 시켜 그의 목을 누르고 무릎으로 허리춤을 짓이기고 꿇어 앉힌 후 사정없이 곤장을 쳤다. 그러고는 그의 이름을 불렀다. 놀라서 손을 빌고 애걸하였다.

"종휘(宗輝)는 이제부터 감히 절 재산을 훔치지 않을 것입니다. 저를 용서해 주십시오. 저를 용서해 주십시오."

그런 일이 있고 나서 결국 시름시름 앓다가 삼 년 만에 죽고 말았다.

남의 살림살이를 자기살림인 양 착각하는 경우는 비일

비재하다.

어쨌든 당연한 이야기이지만 내 것은 내 것이고 남의 것은 남의 것일 수밖에 없다. 내 살림살이가 없으면 어느 날 그야말로 '추락하는 것은 날개가 없다'는 것을 온몸으로 보여주는 역경계 선지식이 되어 '고승전(高僧傳)'에 등재되는 영광(?)까지 누리게 될 것이다.

친인척을
멀리하라

은사 스님 절에서 겉도는 스님들이 더러 있다. 물론 그 이유는 가지가지이다. 그 원인 가운데 하나는 주지 스님의 속가 친척들이 절에 상주하고 있기 때문이라는 것이다. 공양주, 사무장, 기사 등 형태는 여러 가지인데 그들의 위세 때문에 별로 가고 싶지 않다는 것이다. 그들과 혹여 분쟁이라도 생기면 상좌 편을 들어주지 않는다는 것이다. 그러다 보니 은사와의 관계가 소원해질 수밖에 없다. 무사승(無

師僧)이려니 하고 살아도 평소에는 문제가 되지 않지만 병이 나거나 목돈 들 일이 있으면 주변 신세를 지거나 얼굴 엷은 스님은 그냥 그대로 부처님을 원망하면서 속수무책일 수밖에 없다. 당장 주변에서 '은사는 뭐하냐?'고 묻게 되고 그러다 보면 그 은사의 허물이 밖으로 알려지기 마련이다. 출가해서 그런 상처를 입으면 초심자로서는 견디기 어려운 고행일 수밖에 없다. 출세간 인연이 세간 인연을 앞설 수 없음에도 현실은 업보중생이라 그렇지 못한 경우가 많다.

그런 의미에서 황벽 희운(黃檗希運 ?~850)선사는 승속의 기준을 확립해 놓은 만세의 모범이라 하겠다.

선사께서 수천 명의 대중을 거느리고 황벽산에 주석할 때 일이다. 그때 노모가 의지할 곳이 없어서 아들을 찾아갔다. 희운선사가 그 말을 듣고서 대중에게 명령을 내려 물 한 모금 주지 못하게 했다. 노모는 하도 기가 막혀 아무 말도 못하고 돌아가다가 대의강 가에서 배가 고파 엎어져 죽었다. 그리고 그날 밤 선사의 꿈에 나타났다.

"내가 너에게 물 한 모금이라도 얻어먹었던들 다생에 내려오던 모자의 정을 끊지 못해서 지옥에 떨어졌을 것이다. 그러나 너에게 쫓겨나올 때 모자의 깊은 애정이 다 끊어져 그 공덕으로 죽어 천상에 가니, 너의 은혜는 이루 말할 수 없다."

그리고 진묵(震黙 1562~1633) 선사의 누님 이야기도 유명하다. 매일 절에 와서 놀고 위세를 부리면서 정진은 하지 않고서도 '동생이 큰스님이므로 지옥고는 면할 것'이라고 큰소리만 쳤다. 보다 못한 진묵스님이 하루는 밥을 주지 않고 당신만 먹었다. 당연히 이상히 여기고 따졌다. "내가 밥을 먹으니 누님의 배가 부르지 않는가요." 그러자 누이는 바로 말귀를 알아듣고 열심히 수행하였다는 이야기가 오늘까지 전해져 온다.

부모와 친인척의 깊은 은혜는 출가 수도로써 보답해야 한다. 만약 인정에 끌리게 되면 모두 지옥으로 인도하는 것이다. 친인척을 길 위의 행인과 같이 대할 수 있다면 함께 살아도 무방할 것이다. 그 정도가 못 되면 진묵스님처럼 함께 살면서 법문으로 발심시켜 공부하게 해야 할 것이다. 그 수준도 못 된다면 주지는 '법(法)의 주지'가 아니라 '밥(飯)의 주지'가 되어 그야말로 '직업이 주지'인 경우에 해당할 것이다. 사찰에 속가 인연이 인정으로 끼이게 되면 도연(道緣)에 장애가 온다. 결국 상좌가 밖으로 돌게 되고 사찰은 가정집이 돼버린다. 참으로 경계하고 경계할 일이다.

조실급 주지
원주급 주지

절도 주지를 잘 만나야 하고 주지도 절을 잘 만나야 한다. 둘이 궁합이 맞지 않으면 주지는 주지대로 사찰은 사찰대로 서로 불행해진다. 따라서 주지와 사찰은 서로 격이 맞아야 한다. 하지만 그렇지 못한 경우도 더러 있었기에 천의 의회(天衣義懷 993~1064)선사는 사찰의 격에 맞는 '주지급 주지'를 모시려고 간절하게 기도를 올린 '진짜 주지'이다. 선사께서 홍교사에 살다가 다른 곳으로 주지가 되어 떠나게 되었다. 아무리 보아도 수좌인 탄(坦)선사가 홍교사의 차기 주지로는 제격이었다. 하지만 인사권은 태수에게 있었다. 그래서 혹 연줄을 타고 다른 사람이 올까 봐 걱정되어 관세음보살 앞에서 기도를 하였다.

"만일 탄선사의 도안(道眼)이 밝아 주지를 맡길 수 있다면 조 학사에게 현몽하소서."

조 태수는 그날 밤 소 한 마리가 홍교사의 법좌 위에 앉아 있는 꿈을 꾸었다. 의회선사가 아침 일찍 관아에 나아가 이별을 고하였다. 조 태수가 간밤의 꿈 이야기를 하자 의회선사는 크게 웃었다. 그 까닭을 물으니 의회선사가 말하였다.

"탄 수좌의 성이 우씨(牛氏)이니 그것도 소는 소가 아니겠소?"

태수는 그 자리에서 공문을 보내 탄선사를 주지로 청하였다.

주지에도 여러 종류가 있다. 우선 사격에 따라서 총림 주지, 본사 주지, 말사 주지, 토굴 주지로 나눌 수 있겠다.

그런데 말사 주지로는 두각을 나타내 주변에서 인정을 받던 사람을 본사 주지로 모셨더니 '별로' 이거나, 스타일만 구기고 도중하차하는 경우도 더러 심심찮게 보아온 일이다. 말사 주지는 개인 능력으로 모든 것을 만들어가면 되지만 본사 주지는 그런 능력도 중요하지만 대중화합력, 문제조정력이 그 생명이기 때문이다.

그리고 주지 개인의 능력과 법랍에 따라 조실급 주지, 주지급 주지, 원주급 주지로 나눌 수도 있겠다. 조실급 주지는 사격에 비하여 주지의 나이나 능력이 어울리지 않는 경우이다. 능력 있는 제자에게 물려주고 조실을 지키는 게 어울릴 것 같은데 계속 주지실을 지키고 있는 경우이다. 또 실제로는 주지이면서도 주지라는 말을 싫어하여 '회주'라고 불리길 원하는 경우도 있었다. 이 모두가 조실급 주지에게 해당되는 말이다. 이와는 반대인 경우가 원주급 주지라 하겠다. 사격과는 전혀 나이나 법랍이 어울리지 않는 경우이다. 수렴청정을 당하고 있거나 대리인 혹은 중량감이 모자라는 것 같아 뭔가 상대방에게 믿음이 떨어지게 한다. 조실급 주지나 원주급 주지는 개인으로나 사찰로나 서로 불행한 일이다. 모두가 제대로 된 주인이 아니기 때문이다. 격을 제대로 갖춘 '주지급 주지'가 주지로서는 이상적이라 하겠다.

나아갈 때와 물러날 때를 제대로 아는 것은 주지 역시 예외가 아니다.

공찰과
사찰

학인 때 일이다. 교지(校誌)를 만드느라고 부족한 예산을 보충하기 위하여 화주(化主)를 하러 교구 말사(末寺)를 한 바퀴 돈 적이 있다. 그때 느낌은 지금도 선명하게 남아 있다. 개인 절은 깔끔하게 정리되어 있는 데 비하여 공찰(公刹)은 몇 군데를 빼고는 제대로 가꾸어놓질 않았었다. 천년 고찰들이 보기에도 민망하리만치 내버려져 있었다. 개인 절[私刹]은 한 스님이 꾸준히 맡아 불사를 해가니 규모도 있고 계

획도 서 있었지만 공찰은 매번 주지가 바뀌니 주인이 없는 '나간 집'이나 진배없었다. 또 공찰 중 깨끗한 곳은 나중에 안 일이지만 한 스님이 이미 몇 만기를 채우면서 개인 절이 되다시피 한 곳이었다. 개인 절은 그렇다 치고 공찰은 보통 일이 아니다. 주지를 매번 바꾸자니 절이 제대로 안 되고, 그렇다고 절을 위해서 주지를 계속 맡기면 사유화되어 버리기 때문이다. 그렇게 되면 결과적으로 다른 유능한 신진 스님들은 주지할 기회조차 얻지 못하게 된다. 또 특정 문중이나 개인이 연고권을 주장하고 있고 또 그 기득권을 인정하는 분위기도 기회 균등 측면에서는 그리 바람직한 것은 아니다. 하지만 절의 입장에서는 동일성을 유지할 수 있는 장점이 있다. 각각 장단점을 가지므로 옳고 그름을 일률적 잣대로 말할 수 없는 부분이기도 하다.

혜남(慧南)스님이 부임하기 전에 황룡사 주지는 현재 이름조차 남아 있지 않다. 그 스님은 완전히 살림만 전문으로 하던 스님이셨던 모양이다.

그가 황룡사의 당우를 새로 지으면서 하나하나 총림의

체제와 규격에 맞게 하였다. 이를 보고 있던 어떤 사람이 그를 비웃으면서 말했다.

"스님은 선(禪)을 모르면서 무엇에 쓰려고 그러십니까?"

"선법(禪法)을 펼 수 있는 능력 있는 사람이 스스로 찾아오게 될 것이다."

선원이 다 지어지자 마침내 적취사의 혜남선사를 주지로 청하겠다는 글을 올렸다. 그러나 뒷날 혜남선사가 왔을 때는 그 주지 스님은 이미 입적한 뒤였다. 결국 얼굴도 모르는 스님에게 총림을 그대로 넘겨준 셈이다.

교과서적인 원론이지만 내 절도 남의 절처럼 살 수 있고 남의 절도 내 절처럼 여길 수 있는 공심(空心)만 있으면 공사찰의 피폐화는 일시에 해결할 수 있을 것이다. 모든 것이 다 사람의 문제이다. 초발심을 끝까지 견지할 수 있는 원력을 가지도록 애쓸 일이다.

늙고 병든 이를
편안히
머물게 하라

어느 한 노스님이 오문(吳門) 땅의 만수사(萬壽寺)를 찾아갔다.
그런데 그 절의 주지가 머물 것을 허락하지 않았다. 그 이
유를 이렇게 설명했다.

"당신은 늙었는데 어찌하여 작은 절을 찾아가지 않소.
당신 같은 사람도 나무 한 그루 정도는 심을 수 있을 것이
오."

노동력이 없어 우리 절에서는 쓸모가 없으니 같이 지내

기가 어렵다는 말이다.

그러나 산전수전(山戰水戰) 다 겪은 노스님이 한마디 거들지 않을 수 없었다.

"자네 역시 주지가 되지 못했더라면 아마 도처에서 나무나 심고 있었을 것이다."

그 주지 스님은 너무 부끄러워 대꾸를 하지 못했다. 그러나 노스님 역시 머물고 싶은 생각이 싹 사라졌다. 떠나면서 이런 게송을 남겼다.

강호에서 몇 차례나 소를 삼켰던 기백이던가
늙으니 비로소 모두가 근심이라는 것을 알았노라
권하노니 후생들이여 부지런히 노력하시오
보아라! 나무 심을 날이 너희 앞에 있음을

江湖幾度氣呑牛　강호기도기탄우
年老方知總是愁　연로방지총시수
奉勸後生宜勉勵　봉권후생의면려

누군들 늙음에서 벗어날 수 있겠는가. 모든 것이 나의 미래 모습인 것을. 젊음과 늙음이 결코 둘이 아닌 도리를 이론적으로 누구나 알고 있으면서도 젊을 때는 그것을 모두가 망각하고 살아간다.

당시 태수 왕좌(王佐)가 이 소식을 듣고 모든 사찰에 명을 내려 어느 절이나 머물고자 하는 승려를 가려서 받지 못하도록 하였다. 이유는 불종자(佛種子)를 단절시키는 일이기 때문이다. 누군들 늙어서 대접받지 못하는 산문에 끝까지 남으려고 하겠는가. 도 닦는다는 그 주지 소견머리가 세간 살이하는 재가자 안목만도 못하다.

운거 서(雲居舒)스님은 「수계문(垂誡文)」을 지어 총림에 퍼뜨렸다. 그 내용은 제방의 주지를 경계하는 글이었다. 특히 늙고 병든 이를 편안히 머물게 해야 한다는 내용이었다. 그 이유는 젊은 사람들만 골라서 머물게 하는 일은 교화에 큰 손상이 된다는 것이다.

내가 머물고 있는 우화당의 양쪽 끝방은 한 칸씩 칠순의 노스님이 머물고 계신다. 밖에 나갔다가 밤늦게 돌아와도 방 한 칸은 꼭 불이 켜져 있다. 빈집 같은 느낌이 들지 않아 그리 편안할 수가 없다. 새삼 노스님의 훈기를 느끼는 순간이다. 고사목(枯死木)과 노승은 산문의 한 경관이라는 이야기를 다시금 실감하는 한밤중이었다.

살림살이와
깨달음

공(公)과 사(私)라고 할 때 공은 어떤 것일까? 살림도 '공심 (公心)으로 살아라'고 하는데 그렇게 한다면 살림을 살면서 도 깨칠 수가 있는 것인가? 반대로 깨치고 나서 회향하듯 이 살림을 살아야 하는 것일까? 그렇다면 또 깨달음과 경 전과 살림살이는 어떤 관계가 있는 것일까?

   천목 중봉(天目中峰 1263~1323) 선사는 이 부분에 명쾌한 해답 을 내놓았다.

스님은 우선 공이란 말은 바로 불조성현(佛祖聖賢)의 본심이라고 정의하였다.

그리고 나서 그 공을 지공(至公), 대공(大公), 소공(小公)으로 나누었다. 이를 구체적으로 지공은 도(道), 대공은 교(敎), 소공은 행정을 잘하는 것(物務)이라고 친절하게 설명을 붙이고 있다.

먼저 옛날 석가모니부처님께서 새벽녘에 샛별을 보고 깨친 후 '기이하구나. 모든 중생들이 다 같이 여래의 지혜와 덕상(德相)을 구비하였구나'라고 말씀하신 것에 주목했다.

여기에서 성인과 범부가 신령함을 동일하게 받았다는 점을 밝히고, 무궁토록 전하게 하였다는 것이다. 바로 지공의 도는 여기에 근원한 것이다. 이윽고 삼백여 회 동안 상대의 근기와 그릇에 따라 여러 방법으로 가르쳤던 문자와 말씀은 산과 바다와 같이 넓어졌는데, 대공의 가르침은 여기에 근거한 것이다. 뒷날 부처님의 교화가 오천축국(五天竺國)을 덮고, 부처님의 광명이 중국 땅에 들어간 후 절의 살림살이가 많아졌다. 이것이 바로 소공으로서 살림살이를 잘하는 것이라고 한다.

그리하여 스님께서는 이렇게 결론을 내리고 있다.

도(道)가 아니면 교(敎)를 드러낼 수 없고, 교가 아니면 살림살이를 잘할 수 없고, 또 살림살이를 잘못하고서는 도를 널리 전할 수 없다. 이 세 가지는 서로 의존관계에 있는 것으로서, 모두 불조성현의 본심에서 나온 공이라는 것이다.

살림살이를 소공이라고 하지만 결국 불조성현의 본심인 공에서 나왔다고 했다. 결국 살림을 살더라도 공심으로 산다면 이것이 바로 도의 실천이요 깨달음의 현현이라는 말이 된다. 그렇다면 이미 살림사는 것 자체가 도라는 말이 된다. 주지도 살림을 공심으로만 살 수 있다면 그것이 바로 깨침이라는 말이다. 알고 보니 참으로 간단한 원리이다.

평등심을
가져야 한다

천목 중봉선사의 주지론이다.

"이른바 주지(住持)라는 소임의 본질은 멀리는 선불(先佛)의 가르침을 이어받고, 가까이는 조사들의 교화 방편을 지녔으며, 안으로는 자기의 진성(眞性)을 간직했고, 밖으로는 인간과 천상(天上)이 의지할 믿음을 일으킬 수 있는 사람이어야 한다"고 했다.

이는 총명하다고 해서 할 수 있는 것도 아니고, 어리석다고 해서 못하는 것도 아니다. 그리고 아랫사람이 순종한다고 해서 특별히 사랑하지도 않는다. 자기 뜻을 거역한다고 해서 미워하지도 않는다. 모든 만물을 평등하게 자비로써 대해야 한다는 의미이기도 하다. 이렇게 해서야 부처님을 대신해서 교화를 드날릴 수 있으며, 높은 자리에서 스승의 대접을 받을 수 있는 자격이 있다는 뜻이다. 그리고 과단성도 함께 갖추어야 한다. 즉 능력이 미치지 못하면 직위에서 물러나 수행을 할지언정 구차하게 그 자리에 머물려고 해서는 안 된다는 것이다. 혹 조금이라도 요령을 부려 주지 자리에 연연한다면 밝은 대낮에 반딧불처럼 절집에 전혀 도움이 되지 않는다는 말이다.

따로 주지실을
짓지 않다

학인 때 큰방에 책상을 펴놓고 글을 읽다가 발우 공양 시간이 되면 마루로 책상과 책을 옮겨서 치워야 했다. 책상 위에는 교과서, 불교사전, 한자사전 각각 한 권이 전부다. 나머지는 조그마한 사물함에 옷가지랑 기타 물건들을 넣어둔다. 그러니 가능한 한 물건을 적게 소유해야만 하는 삶을 어쩔 수 없이 저절로 실천할 수밖에 없다. 대교반 때는 작은 방 하나가 주어졌다. 다른 소임은 한철 만에 바뀌지만 내가 맡은 소임은 일 년짜리인 까닭이다. 안정된 공간이 생기니 나도 모르게 짐들이 늘어났다. 그 이후 십여년을 넘긴 이후 이사를 할 때에는 트럭을 한 대 불러야 했다. 도반 절에 방 한 칸을 빌려 당장 필요없는 것들을 갖다놓았음에도 새로 옮겨 온 방 안이 넘치도록 가득하다. 배열하느라고 며칠 동안 애를 먹었다. 이제 나도 집 한 채가있어야 할 지경에 이르게 되었다.

어느 절이든지 가 보면 주지실 만큼은 사세에 관계없이 덩그렇게 잘 지어 놓았다. 물론 필요한 공간이다. 하지만 그렇게 크게 지을 수 있음에도 불구하고 일반 평대중의 방과 같은 규모를 유지할 수 있다면 이건 또 다른 무소유의실천이라 하겠다. 그런 주지 스님을 모시고 살아도 봤다. 그런데 문제는 대중이 힘들어하는 것이었다. 어른이 옆방에 있으니 행동거지가 불편한 까닭이다. 대중의 근기와 주지의 근기가 같아야 무소유의 의미도 제대로 살아나는 모양이다.

송나라 때 장석사(仗錫寺) 수기(修己) 선사에게 승속이 모두

도풍을 듣고 흠모하여 모여들었다. 스님은 산에 산 지 40여 년 되도록 집 안에 쌓아둔 물건이라고는 아무것도 없었다. 겨울이나 여름이나 누더기 한 벌로 지내며 오직 절 일으킬 것만을 생각하여, 여러 해에 걸쳐 힘쓴 끝에 선림을 이루게 되었다. 대중에게 필요한 물건은 모두 갖추어 놓았다. 그러나 주지실만은 따로 짓지 않고 대중과 함께 거처하였다. 이는 아마도 수기선사가 방을 따로 쓰면서 편안하게 지내는 일은 별로 마음에 두지 않았기 때문일 것이다.

그런데 사단은 다른 곳에서 났다.

지사(知事) 벼슬을 하고 있는 온궁(膃躬)이라는 거사가 선사께서 먼 곳으로 출타한 틈을 타서 주지실을 번듯하게 새로 지어놓았던 것이다. 스님이 돌아와서 어떤 반응을 보였는지 기록이 남아 있지 않아 알 수 없다. 대신 설두산에서 법을 펴고 있던 달관 담영(達觀曇穎 988~1059) 선사가 이 소식을 듣고 감탄하여 한마디 남겨놓은 말이 지금까지 전한다.

"본색종장(本色宗匠)이 아니면 좋은 보필이 있을 수 없고, 좋은 보필자가 아니라면 도인의 덕을 높일 수가 없다."

이래저래 소신대로 산다는 것이 여러모로 쉬운 일은 아닌 듯하다.

주지 노릇은
번거로움이다

본사에 말 한마디만 해주면 말사는 힘들이지 않고 얻어 줄 수 있는 실세 스님에게 어느 날 안면 있는 객승이 찾 아왔다.

"어떻게 오셨습니까?"

"걸망 풀어놓을 자리 하나 마련할까 해서 왔습니다."

"앞으로 어떻게 주지를 하시려고 합니까?"

"그냥 조용히 살고 싶습니다."

"아니! 어떻게 주지를 하려고 하면서 조용히 살기를 원하십니까? 조용히 살려면 주지할 생각을 말아야죠. 주지가 조용히 사는 자리입니까?"

그다음은 상상에 맡기겠다.

천동 함걸선사는 주지란 번거로움을 두려워해서는 안 된다고 했다.

그런데 '주지 노릇이 번거롭다'는 쉬운 말이 선문답 속에서 등장할 때는 참으로 난해해진다. 설봉 의존스님과 삼성 혜연(三聖慧然)스님은 이 말을 두 번이나 사용하고 있다.

설봉에게 삼성이 물었다.

"그물을 벗어난 고기는 무엇을 먹습니까?"

"그대가 그물에서 벗어나면 말해주리라."

"천오백 명의 선지식이면서도 화두도 모르시는군요!"

"늙은 중이 주지 노릇하기가 번거롭구나."

또 설봉이 어느 날 원숭이를 보고 말했다.

"저 원숭이가 제각기 한 조각의 고경(古鏡)을 등지고 있도다."

삼성이 얼른 물었다.

"여러 겁에 이름이 없었거늘 어째서 고경이라고 표현하십니까?"

"티가 생겼도다."

"천오백 명의 선지식이면서도 화두도 모르시는군요!"

"늙은 중이 주지 노릇하기가 번거롭구나."

늙어서 주지 노릇하기가 번거롭다는 상식적인 뜻으로 이해하면 되는 것인가. 괜히 어려운 말이 되어 버렸다.

생태 환경
사찰 주지

모 스님께서 상좌에게 절을 맡겨두고서 다른 곳으로 살러 갔다. 얼마 후 그 절에 잠시 들렀다가 주변을 살펴보고는 깜짝 놀랐다. 풀이 제멋대로 자라고 있었던 것이다. 경내는 말할 것도 없고 주변 산허리까지 깔끔하게 면도하듯 해놓고 살던 예전의 그 절이 아니었다.

"게으른 녀석 같으니. 당장 주변의 풀 하나도 남김없이 깨끗이 뽑아!"

불호령이 떨어졌다. 그런데 상좌는 웅얼거리는 소리로 말했다.

"풀꽃도 아름답고, 벌·나비도 날아오는데…"

"예" 하고 공손히 대답만 하고는 소신껏(?) 그대로 두었다. 이튿날 아침 사부님은 아랫마을로 내려가시는 것이었다. '포행 가시는가 보다' 했다. 얼마 후 시끌시끌하여 나가보니 그게 아니었다. 마을 사람 몇 명을 사온 것이다. 그러고는 진종일 전 산중을 누비면서 풀 베는 일을 진두지휘하고 있었다.

일본의 대우 양관(大愚良寛 다이구 료오칸 1758~1831) 선사도 이와 비슷한 경험을 하신 모양이다. 양관선사에게 지방관리가 사람을 보내 초청하도록 했다. 마침 탁발을 하러 나갔는지라 자리에 없었다. 심부름 온 사람은 암자 주위에 무성하게 자라고 있는 잡초를 뽑아 깨끗하게 청소하면서 스님을 기다리고 있었다. 이윽고 돌아온 스님이 그것을 보고 말했다.

"풀을 이렇게 다 뽑아 버렸으니 이제는 벌레들이 찾아와서 울지도 않겠군."

이 정도는 아무것도 아니다.

한번은 마루 밑에서 죽순이 자라 마루에 닿을 정도가 되었다. 그러자 마룻장을 뜯어내어 대나무가 뻗어나갈 수 있도록 했다. 하지만 문제는 여기서 끝나지 않았다. 그것이 점점 자라 마침내 천장에 닿을 정도가 되었다. 그러자 이번에는 다시 천장을 뜯어내고는 대나무가 뻗어 올라갈 수 있도록 했다. 그런데 날씨가 궂으면 문제가 달라진다. 그러나 선사는 그 구멍으로 비가 새도 눈이 와도 태연한 모습으로 말했다.

"야! 대나무가 많이 컸구나. 많이 컸어."

양관선사는 요즈음 말로 하면 생태 환경 사찰을 추구했던 분이었다. 대나무를 살리려면 비 새는 집에서 지낼 각오를 해야 하듯 그건 개인생활의 내핍과 인내를 요구한다. 자신의 욕망에 대한 절제 없이 생태나 환경을 배려한다는 것은 불가능에 가깝다고 할 것이다.

명예,
마지막까지
떨쳐야 할 집착

수행에 가장 방해가 되는 것은 재색(財色)이라고 한다. 돈과 이성관계를 투명하게 하지 못해 구설수에 오르는 경우가 비일비재하다. 그래서 『초발심자경문』에는 재색의 화는 독사보다도 심하다고 했다. '독사에 물리면 한번에 죽는 것으로 끝나지만, 재색은 업이 되어 두고두고 윤회를 거듭한다'고 그 이유까지 주석가들은 친절하게 붙여놓고 있다. 그러나 돈은 어느 정도 법랍과 수행력이 쌓이면 저절로 해결된다. 색욕은 세월이 흘러 늙게 되면 저절로 줄어들거나 없어진다. 이 둘은 젊을 때만 좀 조심하면 된다. 정작 문제는 그다음에 나타나는 명예욕이다. 마지막 남은 집착이며 나이가 들수록 근력이 달릴수록 더 치성해지는 것이 이것이다. 수행력을 빙자하여 명예욕은 더 늘어나니 이중적인 표리부동의 삶으로 연결될 수밖에 없다. 명예욕은 수행자를 끝까지 붙들고 마지막 스타일을 구겨놓을 수 있는 최후의 장애물인 것이다.

명예욕의 본질은 자기집착이라고 천목 중봉선사는 진단했다.

"사람들은 명예 그 자체보다도 자기 자신(我)에게 집착합니다. 내가 있기 때문에 애견(愛見)이 발생하게 되고, 이 애견 중에 가장 심한 것이 바로 명예욕입니다. 그러므로 명예욕은 오욕(五欲) 중에서도 첫 번째를 차지하고 있습니다.

그런데 명예 중에서도 가장 제일가는 명예는 성현(聖賢)과 도덕(道德)이란 명예입니다. 그 다음은 기능(技能)이란 명예입니다. 이로 말미암아 성현을 속여서 명예를 얻으려 하고 도덕을 빙자해서 명예를 얻으려 하고, 기능을 멋대로 부려 명예를 얻으려 합니다. 진정한 명예는 마음에서 나오는 것인데, 사념(邪念)에서 생겨난 망식(妄識)에 매달려서 행동거지와 언어에 이르기까지 명예만 얻으려고 힘씁니다. 그러면서도 명예의 참된 본질에 대해서는 고개를 저으며 되돌아보려 하지 않습니다.

그런 사람 중에 더러는 보연(報緣)이 맞아 구하던 것이 우연히 적중하여 훌륭한 명성을 죽은 뒤에까지 남기는 사람도 있습니다. 그러나 하루아침에 인연이 다하면 지난날의 명예는 도리어 오늘의 치욕이 되고 맙니다. 지난날의 명예가 높을수록 치욕 또한 더욱 심합니다. 그러므로 실속 없는 명예(名)는 패배와 치욕을 가져올 뿐임을 알아야 합니다.”

명예는 남들이 인정해 주는 것이지 내가 얻으려 한다고 해서 얻어지는 것이 아니다. 주지 자리도 사실은 명예로운 자리이다. 한 산중의 교화주가 어찌 명예로운 일이 아니겠는가?

사찰을 창고로
개조하려는 것을
막다

'신심이 떨어질 때면 어떻게 해야 하느냐'라고 후학들이 가끔 물어온다. 그럴 때면 그 대답을 생각하기보다는 '내가 벌써 이런 질문받을 때가 되었나' 하고 먼저 놀라게 된다. 세월이 흐르니 이제 모든 면에서 받는 것보다 주는 것에 익숙해질 때가 된 것 같다. 그래도 여전히 주는 것보다는 받는 게 좋으니 아직도 답변할 자격이 없는 것이 분명하다.

"신심이 떨어지면『조선불교사』를 읽어라. 그러면 지금 그 생각이 얼마나 사치스런 생각인 줄을 알게 된다."

유생의 멸시와 관리들의 수탈 속에서 절을 유지하는 것조차 버거웠다. '개인적인 신심이 떨어지네 올라가네' 하는 것은 생각할 여유조차 없었기 때문이다. 목숨 걸고 절을 지켜야 했다. 절이 없는데 무슨 '신심 운운' 할 수 있을 것인가.

중국에서도 마찬가지였던 모양이다. 늘 불교가 대접만 받은 것은 아니기 때문이다. 천목 중봉선사의『산방야화(山房夜話)』에는 어려운 시대의 분위기를 알 수 있는 일화가 몇 가지 나온다.

"옛날에 조정에서 어느 사찰을 개조하여 창고로 쓰려고 했습니다. 그런데 어떤 스님이 이것을 반대하여 따르지 않자, 이 사실이 왕에게 보고되었습니다. 왕은 해당 관리에게 칼을 내주면서 은밀히 말하기를, '지금 또 항거하면 목을 쳐라. 그러나 만일 죽기를 무릅쓰고 항거하면 절을 그대로 두어라' 라고 했습니다. 드디어 그 관리가 임금께서

이 절을 창고로 고쳐 쓰라고 한 명령을 전하자, 스님은 웃으면서 목을 쑥 내밀고 말하기를, '불법을 지키다 죽는다면 실로 시퍼런 칼날을 혀로 핥으라고 해도 달게 받겠다'라고 했답니다. 스님은 목을 내밀고서도 끝내 두려움이 없었습니다. 이것이 어찌 구차하게 억지로 그렇게 할 수가 있겠습니까. 모두가 진성(眞誠)에서 우러나온 것입니다. 그 마음을 추측해 보건대 어찌 절간의 살림살이에만 해당되겠습니까? 교(敎)와 도(道)에도 깊은 깨달음이 있는 스님이 분명합니다."

6·25때 한암(漢巖 1876~1951)스님은 목숨을 걸고 상원사를 지켰다. 빈 절들은 '작전'이라는 미명 아래 가차없이 태워졌던 전쟁 와중이었다. 절을 개조하여 창고로 쓰려는 그런 수준이 아니었다.

우리는 지금 어떠한가. 부처님과 사찰의 덕(德)과 복(福)에 더부살이하고 있으면서 '내 능력' '내 복'이라고 착각하고 있는 건 아닌가? 만약 무슨 일이 생긴다면 목숨 걸고 절과 부처님을 지켜낼 신심과 원력이 우리에게 있는가? 결국 분명한 것은 집 지키는 일도 자기를 버릴 수 있는 공부 힘이 있어야 한다는 사실 뿐이다.

사치하지
말라

수계식은 했는데 사미로 등록을 하지 못해 행자도 아니고 사미도 아닌 어정쩡한 신분의 초심 출가자를 본 적이 있다. 들리는 이야기론 은사 스님으로 모시려는 분의 생활이 너무 사치스러워 자기의 눈으로는 도저히 이해가 되지 않았다는 것이다. 그래도 추천해준 분의 체면 때문에 행자 생활은 그럭저럭 마쳤다. 행자 교육을 마치고 수계식을 하고 돌아와서 은사 스님에게 인사를 하다가 자기도 모르게

'한 법문' 했다는 것이다. 결과는 뻔했다. 쫓겨났다. 행자도 주제넘은 짓을 하긴 했지만 그 사건은 뭔가 의미하는 바가 있다. 어쨌거나 수행자는 검소 질박하게 살아야 한다는 사실이다.

담당 문준(湛堂文準 1061~1115)스님은 일생동안 검약으로 자신을 다스려왔으며 비록 대중을 거느리고 법을 펴는 주지였지만 대중승으로 있을 때와 다름이 없었다. 새벽에 일어나면 뒤편 시렁에서 뜨거운 물을 한 국자 떠서 얼굴을 씻고 다시 그 물로 발을 씻었다. 그 밖의 생활도 대략 이와 같았다. 법회가 끝나면 조실이건 행자이건 길가는 사람처럼 평등하게 대했고, 땅을 쓸고 차 끓이는 일까지도 몸소하여 모범을 보였다고 한다. 이는 주지로 살건 평대중으로 살건 구참 때건 신참 때건 수행자의 본분을 절대로 망각하지 않았다는 말이 된다.

천목 중봉선사는 그 자세를 이렇게 피력해 놓았다.

"현직에 나아가면, 반드시 바른 도(道)를 펴서 사람들을 구제할 것을 생각했으며, 물러나도 여전히 바른 도(道)를 펴서 자신의 잘못을 보완할 것을 생각했다. 이렇게 진퇴를 하는 동안 수백 번 좌절해도 호연한 기상으로 근심이라곤 전혀 없었다. 이러니 어찌 도의 근본자리를 깨닫지 못한 자들과 비교할 수 있겠는가? 혹 영화를 누리고 총애를 얻으려고 자기 한 몸을 위해 일을 꾸미는 자들은 나아갔다 하면 갖가지 업(業)을 짓고, 물러났다 하면 속이 상해서 걸핏하면 시비가 분분하니, 인과가 뚜렷하여 그 과보를 피할 수가 없다."

고착은 사치를 부르기 마련이다. 그래서 부처님은 한 나무 그늘 밑에서 사흘 이상 머물지 말라고 하셨던 것이다. 영원 유청(靈源惟淸) 선사에게 제자인 불감 혜근스님이 주지로 가게 되었노라고 인사를 왔다. 그래서 이렇게 당부했다.

"주지란 마땅히 주장자, 보따리, 삿갓을 방장실 벽 위에 걸어 놓았다가 언제든지 납자처럼 가볍게 떠날 수 있는 자세로 살아야 한다."

토굴 주지의
자격

먼 훗날 불교사가들이 '오늘날의 불교'를 어떻게 이름 붙여줄까? 비틀기 좋아하는 학자들은 아마 '토굴 불교 시대'라고 할 것 같다. 하긴 입만 열면 신·구참 할 것 없이 '토굴 타령'이다. 그 이유는 대중처소도 이미 토굴화되어버린 탓이다. 하지만 그보다는 누릴 권리만 있고 대중으로서의 의무는 없는 토굴이 제일 마음이 편하다는 이기심 때문일 것이다. 토굴(土窟)은 글자 그대로 토굴이다. 잠깐 바람과 이슬을 피하는 동굴 안, 바위 아래 공간을 말한다. 초창기 불교 교단의 두타 수행자들은 지붕 있는 집에서 살 수 없도록 한 것에서 유래한다.

큰 절은 자꾸만 비어가고 개인 절은 날로 늘어만 간다. 시대의 흐름을 부처님인들 어떻게 할 수 있겠는가? 조사 스님들 역시 '이왕 그렇다면' 공부인만이 토굴로 나가주길 바라고 계실 것이다. 토굴 주지는 어느 정도의 자격이 있어야 할까? 이를 단면적으로 보여주는 사건이 『선문염송집』 제일 마지막 공안인 '파자소암(婆子燒庵)'일 것이다. 노보살의 시봉을 이십 년 동안 받으면서 토굴에 살던 수행자가 자격 미달로 쫓겨나면서 토굴까지 불태워지는 수모를 당한 사건으로 그 전후 사정은 이러하다.

옛날에 어떤 노보살이 토굴의 한 수행자를 시봉했다. 물론 터도 집도 그 보살의 소유였을 것이다. 공부 열심히 하여 안목이 열리고 나면 당신을 제일 먼저 제도해주길 발원하면서 지극정성으로 공양을 지어 올렸을 것이다. 그것도 공부에 방해가 될까 봐 옆에 있지도 않고 아랫마을 자기

집에서 왔다갔다하면서. 그 마음이 너무 간절하여 일행삼매(一行三昧)가 되다 보니 정작 공부의 안목이 먼저 열린 것은 그 젊은 수행자가 아니라 노보살이었다. 그래서 하루는 '정말 우리 스님의 공부가 얼마나 되었는지' 알고 싶어졌다. 그날은 딸에게 공양을 가지고 가도록 했다. 딸은 어머니가 시키는 대로 공양을 마친 후 그릇을 거두고는 스님을 꼭 껴안고서 가만히 물었다.

"이럴 때는 어떠하십니까?"

"마른 나무가 찬 바위에 기댔으니 한겨울에도 따사로운 기운이 없구나."

여자는 마른 고목이고 남자는 바윗덩어리인데 둘이서 안아봐야 무슨 느낌이 있겠느냐는 부동심(不動心)의 경지를 보여주었다. 딸은 돌아와 그 말을 그대로 전했다. 그런데 노보살은 이 이야기를 듣고는 그냥 한달음에 달려가 그 수행자를 쫓아내고 토굴마저 불 질러 버렸다.

"내가 이십 년 동안 겨우 속인 하나를 시봉했단 말인가."

아가씨를 안고도 아무렇지도 않는 이런 높은 경지에 이

른 수행자가 왜 쫓겨났는지 알 수가 없다. 앞으로 토굴 주지 자격은 이 공안을 해결한 사람만 개인 토굴을 지을 수 있도록 '토굴 주지법'이라도 새로 만들어야 할 것 같다.

운력과
부역

같은 일을 하는데도 그 일을 하게 된 동기와 마음가짐에 따라 운력이 될 수도 있고 부역이 될 수도 있다. 일을 하는데도 수행이 위주가 되면 그건 운력이다. 경제적 요인이 결정적인 이유라면 그건 부역이다. 일하면서 공부하는 것은 조사선의 전통이다. 고요한 상태의 공부보다 시끄러운 곳에서의 공부가 더 수승하기 때문이다. 잔잔한 호수에 비친 달보다 일렁이는 호수에 비친 달이 더 반짝이는 것과 같은 이치이다. 이걸 다른 말로 바꾸면 어느 곳이건 공부할 수 없는 장소가 아닌 곳이 없으며 무슨 일을 하건 수행으로 연결시켜야 한다는 것이다. 그래서 선사들은 유난히도 노동을 강조했다. 『선원청규』에는 아예 「보청법(普請法)」이라고 하여 운력 조항이 있다. 백장선사는 나이가 들만치 들어도 계속 운력을 나왔다. 이를 아무리 만류해도 안 되니 제자들이 호미를 숨겼다(옛날 선원에는 각자 자기 호미를 표시해두고 그것만 사용해야 했다). 그러자 그날부터 공양을 드시지 않았다. 여기에서 그 유명한 '일일부작(一日不作) 일일불식(一日不食)' 즉 '하루 일하지 않으면 하루 먹지 않는다'는 명언이 탄생하게 된 배경이다.

같은 일인데도 운력이 아니라 부역이 된 경우는 단호히 거부하기도 했다. 물론 교단 내에서의 일이 아니라 밖에서 강제로 관리들이 요청한 경우이다. 조선시대 때는 성 쌓는 일에 승려들이 흔히 동원되곤 했다. 북한산성, 남한산성, 금정산성 등이 그 흔적이다. 산에서 혼자 살기 때문에 성 쌓는 일을 시키고 또 그 성을 지키게 하는 데는 제격이었을 것이다. 이는 관료들이 조사선 가풍대로 일을 통해 공부를 시키기 위한 것이 아닐 것이다. 순전히 국고를 아끼기 위한 경제적 요인이 주된 이유였을 것이다. 이런 부역을 과감하게 거절한 선사가 있다.

수(隋)나라의 태수였던 요군소(堯君素)가 명령하기를, '모든 승려들은 성곽에 올라가서 부역을 하라. 감히 이 명령을 어기는 자가 있으면 목을 베겠다' 라고 했다. 이때에 도손(稻孫)이라는 스님이 태수한테 가서 항거하자, 요군소가 도손스님을 뚫어지게 바라보다가 이르기를, '스님께서는 담력과 기상이 대단히 씩씩하십니다' 라고 말하며, 마침내 부역을 그만두게 했다. 불교를 지키기 위하여 창칼 앞에서도 두려워하지 않은 것이었다.

도손스님은 법답지 못한 부역은 수행을 위한 운력이 아니므로 오히려 법의 쇠약을 가져오기 때문에 당연히 거부해야 한다는 것을 온몸으로 보여주고 있다.

절집에서 노동이 사라져가고 있다. 일하는 것이 수행의 한 방법이라면 이것은 사라질 수가 없는 일이다. 그렇다면 우리가 이제까지 수행을 위한 운력이 아니라 사찰의 경제적 이유 때문에 부역을 했다는 것밖에 안된다. 정말 유능한 주지라면 설사 부역이라고 할지라도 운력으로 바꾸어 대중으로 하여금 일할 수 있도록 만들어야 할 것이다.

신도외호
국가외호

종교는 국가조직과 무관해야 한다거나 출가자는 세속 일에는 초연해야 한다는 '근본주의' 적 입장은 이즈음과 같은 정치 · 행정 만능시대에 '뭘 모르는 소리' 로 치부되기 십상이다. 특히 포교 · 불사의 일선에서 관공서와 부딪쳐야 하는 주지의 경우는 더더욱 그럴 것이다. 그렇다고 해서 정치와 종교가 밀착되어 서로 주거니 받거니 하는 모습은 '근본주의자' 가 아니더라도 그렇게 좋아 보이지는 않는다.

전통 사찰이라는 미명 하에 국가 예산을 어떻게 확보하여 불사해놓은 절에 가보면 '훈김'이 빠져버린, 사람 냄새라곤 전혀 나지 않는 건물만 덩그러니 서 있는 경우 실제로 '주지 개인의 외호'는 될지언정 '불법 외호'가 된 것 같지는 않다.

외호(外護)는 신도외호와 국가외호로 나눌 수 있다. 여기서 문제가 되는 것은 국가외호이다. 『중봉광록(中峰廣錄)』에 어느 객승이 천목 중봉선사에게 '불법은 국가로부터 외호가 있어야만 시행될 수 있다고 하여, 불법을 국왕과 대신에게 부촉했다는 말이 있는데 그것이 사실이냐'고 묻는 대목이 나온다. 흔히 알고 있듯이 부처님이 국왕과 대신에게 불법의 외호를 부탁했다는 말을 확인하려는 질문이다. 이에 대하여 선사께서는 전혀 새로운 입장에서 답변하고 있다. 다시 말하면 선종적 외호관이라고 이름 붙일 수 있겠다.

"불조(佛祖)께서는 도덕을 수양하느라 온갖 위험을 무릅쓰고 자신의 몸과 부귀영화를 모두 잊으신 것입니다. 그러한데 무슨 외호를 받으려고 억지로 애를 썼겠습니까?

자기 자신이 도덕을 함양하지 못했는데도 국왕이나 대신이 정성껏 대접하는 경우도 있습니다. 그렇게 되면 세상의 어리석은 스님들은 자기 자신의 도덕이 어떠한지는 되돌아보지도 않고, 그저 영화와 총애만을 얻으려고 권세 있는 집의 문턱을 드나들면서 외호 세력을 찾습니다. 그러다가 그 일이 잘 안되기라도 하면 원망하고 탄식하며 우울하고 성난 얼굴을 하다가 끝내는 재앙과 치욕을 당하고 맙니다. 어찌 도를 수행하는 자가 이럴 수가 있겠습니까?"

부처님과 조사들은 도를 구하기 위하여 모든 것을 다 잊었는데 무슨 외호할 것이 있어 외호를 바랐겠느냐는 말 한마디에 모든 해답이 들어 있다. 결국 외호는 법과는 별 상관없는 법답지 못한 것을 지키고 가꾸기 위해서 필요한 것밖에는 안된다는 말이다. 오히려 내 이익과 명예를 지키기 위하여 법을 팔고 불조를 팔고 있는 건 아닌지 스스로 반문해야 함을 요구하고 있다.

아닌 게 아니라 불교가 국가와 관리들을 걱정해야지 국

가와 관리가 불교를 걱정하고 있다면 이것도 뭔가 한참 잘 못된 것이다.

도덕적 위의
권세적 위의

마승(馬勝)비구는 부처님 당시 위의제일(威儀第一)이었다. 얼마나 점잖았던지 그 모습을 보고는 지나가던 말[馬]들도 경의를 표할 정도였다. 이런 그의 걸식하던 모습을 보고 사리불과 목건련이 발심하여 부처님께 귀의한 일은 우리에게 시사하는 바가 크다. 종교인에게 있어서 위의는 그만큼 남에게 많은 감동을 준다는 말이 되기 때문이다.

『산방야화』에서는 위의를 '도덕이 높아서 생기는 위의'

와 '권세가 높아서 생기는 위의'라는 두 가지로 나누고 있다.

"도덕이 높아서 생기는 위의는 자연스럽지만, 권세 때문에 생긴 위의는 인위적으로 생긴 것입니다. 자연스럽게 나온 위엄과 존경은 상대의 마음까지 복종시킬 수 있지만, 인위적으로 생긴 위엄과 존경은 그저 외형만을 복종시킬 뿐입니다. 그러나 상대의 마음까지 복종시키는 위엄과 존경은 만 리 밖에서도 위엄과 존경을 받습니다. 뿐만 아니라 현재는 물론 백세가 지나도록 그 명성은 알려져 존경과 위엄을 받을 것입니다."

공부의 힘으로 자연스럽게 몸에서 우러나온 위의는 감화력을 주어 마음으로부터 복종하게 만들지만, 힘으로 밀어붙인 위의는 그저 외형이나 굴복시키고 마는 찰나적 이슬 같은 권위에 불과하다는 말이다.

비교적 젊은 나이에 돌아가신 탓에 그리 알려져 있지는 않지만 알만한 사람은 모두가 알아주는 위의가 제일인 보문(普門 1906~1960)스님 역시 여법하게 가사장삼을 수하고 묵

직한 음성으로 염불하면서 부산 국제시장을 한 바퀴 돌고
나면 바루가 순식간에 가득 찼다고 한다. 점잖은 위의에
반한 신도님들이 다투어 바루에 공양물을 가득 채워 주었
기 때문이다. 설사 바루에 담겼던 돈이 바람에 날려가더라
도 아랑곳하지 않고 그냥 당신 갈 길만 걸어갈 뿐이었다.
따라서 대중 스님들은 필요한 물건이 생기면 보문스님에
게 탁발을 부탁할 정도였다. 전쟁 후였으니 절집이나 마을
집이나 별로 여유가 없었던 그런 시절이었다.

주지의 의무는 예나 지금이나 넉넉한 살림을 위한 화주
가 제일 큰일이다. 중생계는 어차피 밖으로 나타난 상(相)
으로 이루어져 있기 때문에 눈에 보이는 모습으로 평가를
받기 마련이다. 따라서 많은 대중을 거두려면 주지의 위의
는 반드시 필요하다.

그렇다고 해서 억지로 짓는 위의(폼)는 누가 봐도 금방
알아보기 때문에 오히려 '거들먹거린다'는 소리를 듣기 십
상이다. 그렇게 되면 '피곤함'으로 연결되어 사람들이 오
히려 더 멀리하는 결과를 빚게 된다. 위의는 공부가 익어

가면서 자연스럽게 우러나오는 것이지 억지로 만들 수 있

는 것이 아닌 까닭이다.

자리를
사고파는 것은
부당하다

쌍삼 중원(雙杉中元) 선사가 가희(嘉熙 1237~1240) 연간 석전(石田) 스님 문하에 제일 수좌로 있을 때였다. 조정에서 국고를 채우기 위하여 도첩을 팔고 또 일부 몰지각한 승려들이 이를 사기에 이르렀다. 이에 대한 부당함을 상소문으로 올렸다.

"국가에서 도첩의 매매를 허락함으로써 요즘에 들어 공공연하게 뇌물 거래가 자행되어 금전으로 주지되기를 바라는 자가 있으니 그런 이는 우리 불교의 죄인입니다. 만일 이러한 관례가 성행한다면 천하의 어진 이는 반드시 몸을 숨기고 멀리 은둔할 것이니 그들이 세상에 나와 스승이 되려 하겠습니까? 스승의 도가 없어지면 바른 법이 약해지고 바른 법이 약해지면 사악한 법이 성해져서 청정한 불문이 잇끝과 욕심의 아수라장이 될 것이니, 이는 국가의 복이랄 수 없습니다."

요지는 결국 도첩매매 때문에 주지의 자질 문제가 생기고 주지의 자질 문제는 법의 쇠퇴로 이어지며 이는 국가적인 불행으로 귀결된다는 말이다. 결국 이는 불가(佛家)의 문제로 끝나는 것이 아니라 국가의 문제로까지 비화될 수밖에 없는 것임을 강조한 것이다. 그 이유는 이런 병폐를 낳게 되기 때문이다.

"이는 도를 전하고 의혹을 풀어줄 수 있는 자를 스승 삼지 않고 오로지 뇌물로 스승을 구하게 되며, 이는 결국 불법의 경시로 연결되며 출가자의 속화(俗化)로 귀결될 것입니다. 만일 승려가 뇌물로써 여러 곳의 주지가 된다면 이에 따라서 말 많고 어리석은 무리도 모두 뇌물을 바쳐 높은 자리로 나아가게 될 것이니 어떻게 세간의 선지식이 될 수 있겠습니까? 결국 이 법의 시행은 돈 때문에 큰 사찰에서 작은 사찰의 금전을 거두어들일 것이니 규모가 적은 곳에서 그 요구에 어떻게 응할 수 있겠습니까? 그렇다면 결국 얻는 바란 무엇이겠습니까? 더구나 승려는 금전을 낼 만한 재산을 소유한 자도 아니니 주지가 되려면 반드시 사찰의 재물을 탈취하게 될 것입니다. 그리하여 스승과 제자가 서로 싸워 상주심(常住心)이 허물어지면 이른바 기름진 곳은 머지않아 황폐되고 큰 집은 터만 남게 될 것입니다."

이런 바른 안목을 가진 쌍삼스님이었기에 주지로 있을 당시에는 몹시 고고하고 담박한 생활로 수도에 전념하셨으며, 어두운 방에 혼자 있을 때에도 큰 손님을 마주하듯 신독(愼獨)하면서 지내셨던 것이다. 어쨌거나 이 상소를 계기로 도첩을 매매하고 또 주지 자리를 돈으로 사고파는 일이 공식적으로는 중지되었다고 하니 얼마나 다행인가? 개인 수행은 말할 것도 없고 불가와 국가를 동시에 바라보는 통찰력과 용기는 참으로 본받아야 할 것이다. 지금은 이런 상소문이 유효한 시대는 아니겠지만 내부의 자정(自淨)을 경책하는 소리로 울려온다.

중도의
주지법

주지는 대중과 더불어 함께하는 자리이다. 따라서 화광동진(和光同塵)의 자세가 필요하다. 스스로의 빛[光]이 너무 강하면 온화하게[和] 만들어 그 빛을 가린 후 눈높이를 대중과 맞추어야 한다. 그래서 늘 모자라거나 넘침이 없어야 한다. 모자라는 사람이 주지하면 대중이 힘들고 넘치는 사람이 주지를 해도 대중이 피곤하다. 지나치거나 모자라는 것[過不及]이 모두가 허물 되는 자리인 것이다.

벽지암주(碧支巖主) 입견(立堅)스님은 운수납자의 두타행자였지만 부지런히 수행에 힘쓰다가 보니 밖으로 이름이 나게 되었다. 순우(淳祐 1241~1252) 연간 군수 임희일(林希逸)이 귀산(龜山) 진침사(陳沈寺)의 이선도장(二禪道場)의 주지로 모시게 되었다. 하지만 얼마 후 도반에게 이런 글을 남기고서 뒤도 돌아보지 않고 곧바로 벽지암으로 돌아갔다.

"무릇 주지란 대중의 모범이 되어 부처님을 대신하여 법을 펴는 자이다. 풀 위에 앉고 삼베 옷을 입으며 나무열매를 먹고 시냇물을 마시며 사는 것마저도 부끄럽게 생각했던 내가 사람들에게 추대되어 대중 앞에 나섰으니 실로 감당키 어렵다."

스스로 대중 체질이 아님을 알기에 모자란다고 생각하고 다시 토굴로 돌아간 경우라 하겠다.

반대로 고림 청무(古林淸茂 1262~1329)스님이 보령사(保寧寺)의 주지로 있을 때 명망이 너무 높아 문제가 되었다. 그래서 당시 어른들이 그를 싫어하여 큰 절 주지 자리가 비었어도 아무도 천거하려 들지 않았다. 천동사의 운와(雲臥)스님이 돌아가시자 한림원(翰林院)의 원문청공(袁文淸公)이 일부러 명주(明州) 만수장(萬困莊)의 설애(雪崖)스님에게 고림스님을 추천해주길 바라는 서신을 보내기까지 했다.

"지난날 고림 화상이 호구사에 있을 때 한차례 만나본 적이 있었는데 그는 기봉(機鋒)이 준엄하고 논리가 명확하여 쇠퇴한 종풍을 일으켜 세울 만한 인물입니다. 지금 천동사의 주지 자리가 비었으니 설애스님께서 추천해주시길 바랍니다."

이미 설애스님은 고림스님의 능력을 알고 있었기에 발이 닳도록 뛰어다니며 주지 천거 운동을 했음에도 저속한 무리들이 팔뚝을 걷어붙이고 반대하는 바람에 결국 무산되었다.

못하면 못해서 문제가 되고 잘하면 잘해서 문제가 되니 주지 자리 역시 중도법에서 예외일 수는 없는 모양이다.

사람을 사귐에
적당한 거리가
필요하다

명나라 때 무온 서중(無慍恕中 1309~1386)스님이 원나라 불교를 이야기 식으로 정리한 불교사서인 『산암잡록(山庵雜錄)』에 나오는 이야기이다. 마을사람과 지나치게 흉금을 터놓고 지내다 보니 결국 그 화(禍)가 자기에게 미치게 된 경우이다. 절 일을 하다 보면 세간 사람들과 이래저래 이해관계가 걸리기 마련이다. 일을 원만하게 처리하려다 보면 갖가지 방편이 동원되기도 한다. 하지만 그것이 지나쳐 세간 사람이 절 일에 간섭하는 결과까지 빚게 된다면 절집 안의 사람들과 부딪치게 된다. 그러다 보면 화합이 깨지고 불신풍조가 생기면서 그 허물은 결국 주지에게 돌아오기 마련이다. 이 이야기는 극단적인 경우이긴 하겠지만 그런 전형적 사례로 보이기에 주저하면서도 허물을 무릅쓰고 인용해 보았다.

태주(台州) 홍복사(洪福寺)의 심석산(琛石山)스님은 절 주변에 사는 속인 방공권(方公權)과 사귀면서 서로 술자리를 돌려가며 날마다 먹고 마시는 것을 일로 삼았다. 언젠가 그 절의 도감(都監)인 방(方)스님은 창고 일을 맡아 보기로 석산스님의 승낙을 받았다. 그런데 방공권은 사사로운 감정으로 그를 모함하여 주지인 석산스님에게 고자질을 하여 그 일을 못하도록 방해하였다. 이에 방 도감은 앙심을 품고 방공권을 죽이고자 하였다. 그리하여 주지 스님의 시자에게 뇌물을 주어 그의 차 속에 독약을 넣게 하였다. 그러나 방공권은 석산스님을 존경하여 자기 찻잔을 돌려서 먼저 드리게 되었다. 결국 석산스님이 그 차를 마시고 돌아가시게 되었다. 그로 인하여 본의 아니게 방 도감은 석산스님을 독살시킨 일이 항상 마음에 걸렸다. 근심과 두려움이 더욱 심해져 마침내 병이 되었고 햇빛 보기를 겁내다가 짚을 썹으면서 죽어갔다.

그 원인을 살펴보면, 석산스님은 자기 직분을 지키지 못하고 속인과 사귀며 그들의 말을 들어준 것이 화근이었다. 그것이 마침내 자신의 생명을 우연찮게 잃어버리는 결과를 빚게 한 것이다. 그러하니 뒷사람들은 이를 어찌 경계하지 않을 수 있겠는가. 요즘 들어 주지가 되어 그들의 임무가 얼마나 막중한지 모르고 간혹 속인들과 사귀며 먹고 마시는 일에 빠져 지내는 이가 있다면, 그리고 그 이후를 생각하지 않는 이가 또 있다면 참으로 안타까운 일이라 하겠다.

전임자를
예우하라

절 일도 사람의 일이고 사람의 일은 갈등이 있기 마련이다. 그러나 그 갈등을 어떻게 푸느냐에 따라 그 절 소임자의 역량과 능력이 나타나게 된다. 전임 소임자의 잘못과 섭섭한 점은 가능한 한 묻어두고 좋은 점과 잘한 점만 보려고 의도적으로 노력해야만 한다. 그것만이 신, 구 주지가 모두 살고 또 후학들이 영원히 상주할 그 사찰이 사는 길이기 때문이다.

황룡 혜남(黃龍慧南 1002~1069)스님이 황룡사로 오기 전에 이미 황룡사는 전임 주지에 의해 집이 다 지어진 상태였다. 사소하게 잘못된 부분은 마음에 들지 않았을 것이다. 그럼에도 이런 부분은 내색하지 않았다. 불사가 완벽할 수는 없다. 그러나 집 한 채 지을 능력도 없으면서 이미 힘들게 지어놓은 집을 '잘했네 못했네' 하는 것도 별로 좋아 보이지는 않는다. 능력 이전에 인격을 의심받게 되기 때문이다. 그래서 혜남스님은 늘 전임 주지가 불사해놓은 것을 고맙게 생각하고 얼굴도 모르는 주지를 늘 마음으로 예우하였던 것이다.

그러던 어느 날 혜남스님의 꿈에 토지신이 나타났다. 자기(토지신)가 입적한 전 주지의 부도탑을 지키게 해달라고 부탁하는 것이었다. 주지의 인사권은 보이지 않는 토지신들에게도 미치는 모양이다. 그래도 '개꿈'이려니 하고 별로 마음에 두지 않고 그냥 가볍게 여기고 지나쳤다.

그런데 어느 날 주지실에 앉아 있는데 지난날 꿈에 나타난 토지신이 다시 찾아와 부도탑을 지키고 싶다고 하였다.

꿈이 아닌 게 확실했다. 그래서 진지한 자세로 그 까닭을 물었다.

"교대할 토지신이 올 것입니다."

아니나 다를까 얼마 후 소상(塑像)을 만드는 사람이 왔다. 이에 혜남스님은 토지신을 새로 만들어 모셨다. 그리고 옛 토지신은 자리를 옮겨 황룡사 전 주지 스님의 부도탑을 지키도록 배려하였다.

전임 주지를 부정하면서 후임 주지가 대접받기를 바란다면 이건 탐진치의 극치라고 할 것이다. 전임자의 좋은 점은 계승하고 부정적인 부분은 말없이 고쳐나가기만 하면 된다. 그건 떠벌릴 일은 아닌 것이다. 왜냐하면 신, 구주지의 갈등은 두 사람의 갈등으로 끝나지 않으며 또 불교와 그 사찰의 정체성에 문제가 발생하기 때문이다. 앞사람을 긍정하면 뒷사람에게 대접받기 마련이다. 앞사람을 부정하면 자기도 부정당하게 된다. 이것이 주지의 인과법칙이다.

주지직을
여덟 번 거절한
이유

주지를 사양한 것이 열 번 가까이 된다면 이것도 아무나 할 수 있는 일이 아니다. 지혜와 복덕이 구족한 탓에 열 번 정도 계속 주지로 천거되었다는 말이기 때문이다. 물론 모든 일이 하고 싶다고 할 수 있는 것도 아니고 하기 싫다고 하지 않아도 되는 것은 아니다. 주지 노릇도 마찬가지다. 회당 조심(晦堂祖心 1025~1100)스님은 주지를 여덟 번 사양한 주인공이다.

황룡 혜남선사가 입적한 후 주지 후보 일 순위는 승속간에 모두가 회당 조심스님이라는데 이견이 없었다. 그래서 그 자리를 맡았다. 법회는 전에 비하여 조금도 손색없이 융성하였다. 그러나 스님은 성품이 진솔하여 주지 맡기를 꺼려 다섯 차례나 사양하고서야 황룡사 주지를 겨우 그만둘 수 있었다. 그 뒤 사직(師直) 벼슬을 하던 사경온(謝景溫)이 담주(潭州) 태수로 있을 때 대위산이 비어 스님을 주지로 모시고자 하였다. 세 차례나 사양한 끝에 결국 당신의 뜻을 관철시킬 수 있었다. 대위산은 옛날에 백장스님도 탐내던 곳이었으며 위산 영우스님 등이 살았던 명산명찰이다. 그럼에도 끝내 부임하지 않았다. 그러자 또다시 강서(江西)의 기자(器資, 강서 지방의 물류담당관[轉運判官])인 팽여려(彭汝礪)를 통하여 장사(長沙)로 부임하지 않는 이유가 무엇인가를 알려주도록 간청하니 스님은 사양하는 이유를 이렇게 설명했다.

"사공(謝公)과 만나보는 일이야 내 바라지만 대위산을 맡는 것은 원하지 않습니다. 마조선사와 백장스님 이전에는 주지라는 직책이 없었으며, 도 닦는 이들은 서로가 한가하고 고요한 곳만을 찾았을 뿐입니다. 그 이후에 주지의 직책이 있기는 하였으나 임금이나 관리들도 그를 존경하고 예우하여 인천(人天)의 스승이 되었는데, 오늘날에는 그렇지 못하고 관청에 이름을 걸어 놓은 꼴이 마치 백성의 호적처럼 되어버렸습니다. 그리하여 관청에서는 심지어 마부를 보내어 쫓아다니고 불러들이니, 이것이 어디 할 노릇이겠습니까."

팽여려가 그대로 전하자 사직인 사경온은 이를 계기로 서신을 보냈다. 한번 뵙기를 바라며 감히 주지해 달라는 것으로 스님의 뜻을 꺾지는 않겠다는 뜻을 전했다. 그리하여 스님은 드디어 장사(長沙) 지방으로 그를 찾아갔다. 스님은 사방의 벼슬아치들과 뜻이 맞으면 천릿길이라도 찾아가지만 맞지 않으면 십릿길도 찾아가지 않았던 것이다.

주지직을
다시
돌려주는 법

은사가 다른 소임이 생겨 그 절의 주지직을 수행할 수가 없어 상좌에게 주지를 물려주었거나 혹은 사형이 똑같은 경우로 사제에게 주지를 물려주었다고 하자. 그런데 은사나 사형이 부득이한 사정으로 다시 그 절로 돌아와야 할 경우 물려받은 현 주지는 어떻게 처신해야 할까. 또 주지 직을 넘겨주고 나니 '찬밥신세'가 되어버린 느낌에서 오는 공허감을 주체할 수 없어 '괜히 주지직을 넘겨주었나? 다시 찾아올까' 하고 전임 주지의 마음이 바뀌었다면 어떻게 해야 할까? 체면 때문에 말도 못하고 계속 신경전을 벌이고 있다면 이건 서로 피곤한 일이다. 그 여법한 해답은?

원통사(圓通寺) 조인 거눌(祖印居訥 1010~1071)스님은 그 고을 군수에게 주지를 사임할 뜻을 표하였다. 그리고 승천사(承天寺)의 단(端)스님을 주지로 모셔 오도록 천거하였다. 그래서 군수는 그대로 행하였다. 단스님은 기꺼이 부임하여 젊은 나이에 큰 법을 짊어지고 선배가 선의로 양보한 것은 총림에서 자기에게 바라는 기대가 매우 크다는 것을 통감하였다. 대중에게 경건한 자세로 임하고 공적인 일에는 절대로 사적으로 개입하지 않아 종풍(宗風)이 크게 떨치게 되었다.

그런데 문제가 발생했다. 주지를 넘겨준 거눌스님이 혼자 사는 쓸쓸한 생활이 싫증 났던 것이다. 총림에서 주지로 호령하던 그 시절이 좋았노라고 생각하고 있었다. 그러던 차에 군수가 인사차 찾아왔는데 이런저런 덕담을 나누다가 그만 감정을 숨기지 못하고 객승 신세가 된 자기 심정을 토로하였다. 이에 군수는 그 뜻을 알아차리고 단스님에게 가서 넌지시 눈치를 보였다. 그 이야기를 들은 단스님은 웃으면서 순순히 허락하고는 그 이튿날 법좌에 올라 설법하였다.

"지난날 법안(法眼 885~958)스님께서는 이런 게송을 남겼다.

어렵고 어렵고 어려운 일은 정을 버리기 어려움이라
정이 모두 사라지면 말끔한 구슬 한 알 밝게 빛나리
방편으로 정을 버리는 일도 옳지 못하니
게다가 방편조차 버리는 일이란 너무도 아득하구나

難難難是遣情難　난난난시견정난
情盡圖明一顆寒　정진도명일과한
方便遣情猶不是　방편견정유불시
更除方便太無端　갱제방편태무단

대중은 말해보라. 어떻게 하면 정을 버릴 수 있는가

를……."

　그리고 나서 할(喝)을 한 번 크게 하고는 법좌에서 내려와 바로 허리춤에 봇짐을 지고 떠나 버렸다. 영문을 모르는 대중은 깜짝 놀라 길을 막고 만류하였다. 하지만 끝내 말릴 수가 없었다.

　오는 모습도 좋지만 떠나는 모습도 그만이다.

새로 온
주지가
못마땅하여

어느 사회건 새로운 부임지에서 어떤 형태로건 통과의례
로 한번은 곤욕을 치르기 마련이다. 주지도 예외는 아닌
모양이다. 선주(宣州) 흥교사(興教寺)의 탄(坦)선사는 천의 의
회선사가 주지로 천거한 덕에 그 절에 부임하게 되었다.
그러나 이미 살고 있던 대중 가운데 그를 탐탁지않게 여기
는 무리도 있었던 모양이다. 무게를 한번 달아보고 대중
앞에서 망신을 주겠다는 생각을 가진 성종(省宗)스님이 그

총대를 멨다. 그는 설두 중현(雪竇重顯 980~1052) 선사의 회상에서 공부한 인물이다. 법문을 하고 있는데 앞으로 나와 비수 같은 한마디를 날렸다.

"부처님이 세상에 나오기 전에는 사람마다 콧대가 하늘을 찔렀는데, 세상에 나온 뒤로는 무슨 까닭에 감감무소식인가?"

탄선사가 말하였다.

"계족산(鷄足山) 봉우리 앞에 바람이 쓸쓸하다."

"아직은 안된다, 다시 말하라."

"장안(長安) 가득 큰 눈이 내렸다."

"그 누가 이 뜻을 알리오. 나로 하여금 남전(南泉) 선사를 생각나게 하는구나."

성종스님은 이 말을 마치고는 대중 속으로 들어가 다시는 절을 올리지 않았다.

첫 번째 라운드가 끝났다. 탄선사의 완패였다. 그냥 있을 수는 없다. 다시 주지실로 불렀다.

"좀 전에 잘못 대답했다. 그렇지만 대중 앞에서 절하지 않은 것은 그냥 지나갈 수 없다."

"대장부로서 무릎 앞에 황금이 있다 하더라도 안목 없는 장로에게 어떻게 절을 올릴 수 있겠는가? 그렇다면 다시 말해보라"

"나에게 몽둥이 서른 대가 있는데 너에게 주어 설두스님을 치도록 하겠다."

그 말에 성종스님은 굴복하고서 마침내 절을 하게 되었다. 두 번째 라운드에서 승리한 것이다.

주지는 법주(法主)이다. 따라서 그 무게는 법으로 달아야 한다. 홍교사 대중은 새 주지의 안목을 시험할 권리가 있다. 따라서 질문을 했고 또 대답을 피하지 않았다. 한 번으로 모자라면 두 번, 두 번으로 부족하면 세 번이라도 할 각오가 되어 있어야 한다. 탄선사와 성종스님이 주고받은 말이 무슨 뜻인지 왜 절을 했는지 안목 부족으로 이해하긴 어렵지만, 두 분의 거량하는 자세와 법에 대한 애정은 우리에게 많은 것을 가르쳐 준다고 하겠다.

대중
뒷바라지를
잘해야

뭐니뭐니해도 주지의 제일의무는 대중 뒷바라지이다. '항산(恒産)'이어야 '항심(恒心)'이라고 했다. 물질이 제대로 받쳐주어야 법도 성해지는 모양이다. 그래서 주지는 법력도 법력이지만 복력을 운운하지 않을 수가 없는 것이다. 초대 주지인 부처님마저도 지혜와 복덕을 겸비한 분이라고 하여 양족존(兩足尊)이라고 부를 지경이니 다른 주지 스님이야 말해서 무엇하겠는가? 황룡 혜남선사 같은 분도 주지 중선

(重善)스님의 복덕을 찬양한 기록이 전해올 정도이다. 형주(荊州) 복창사(福昌寺)의 중선스님은 명교 사관(明敎師寬)스님의 법제자로 사람됨이 공손하고 근엄하며 불법을 중히 여겼다. 처음 주지가 되었을 때는 십여 간 요사채에 서너 명의 승려가 있었을 뿐 적막하기 그지없었다. 스님은 새벽에 향을 사르고 저녁에 등불을 밝히며 법당에 올라 설법하되 마치 수천 명의 대중을 앞에 둔 듯하였으며, 총림에 필요한 물건 가운데 있어야 할 것은 모두 갖추어 놓았고, 지나는 길손이 찾아오면 묵묵히 극진하게 대해 주었다. 이러기를 십여 년 만에야 비로소 납자들이 모여들게 되었고, 온천하에서 스님의 풍모를 바라보고 길이 추앙하게 되었다.

중선스님이 오기 전의 상황을 혜남스님은 이렇게 묘사했다.

"나는 그때 감기가 들어 약을 먹고 이불을 덮어쓰고 땀을 내야만 하겠기에 문열스님을 보내어 온 절 대중에게 이불을 빌려보려 하였지만 이불은 찾아볼 수 없었다. 백여 명의 대중은 한결같이 종이 이불을 덮고 있었다."

그러나 중선스님이 부임한 뒤는 모든 것이 백팔십도 달라졌다. 이불도 예외가 아니었다.

"오늘날엔 그렇지 않을 뿐만 아니라 겹겹으로 된 담요 위에 요까지 덮고 있으니 나는 하루에도 몇 번씩 살기 좋은 세상임을 느끼노라."

감기가 들어 죽을 지경인데 이불마저 제대로 없었으니 살림사는 사람에 대한 원망이 나오지 않을 수가 없었을 것이다. 물론 이불을 '이불(離佛)'이라고 생각하는 두타행자에게는 아무 문제가 되지 않겠지만.

뒤끝이
없어야 한다

끝이 좋아야 모든 게 좋다. 현직 주지를 잘하는 것도 중요하지만 후임자에게 물려주는 것도 그것 못지않다. 뒤가 좋지 않으면 앞의 것 역시 빛이 바랠 수밖에 없는 것이 현실이기 때문이다. 주지 자리를 멋있게 물려주기 위하여 조산 탐장(曹山耽章 839~901)스님의 법제자인 금봉 현명(金峯玄明)스님은 법좌에 올라갔다.

"일〔事〕로 치자면 함〔函〕과 덮개〔蓋〕가 딱 맞고, 이치〔理〕로 말하자면 화살과 칼날이 부딪친 것 같다. 만일 이 화두에 한마디 붙이는 사람이 있으면 이 절의 반을 나누어 주겠다."

그때 한 스님이 대중 속에서 나와 그 말에 제대로 답변을 한 모양이다. 바로 법좌에서 내려와 그 자리를 전부 넘겨주고서 이렇게 당부하고 미련없이 그곳을 떠났다.

"서로 만나 사이좋게 지내기는 쉽지만(相見易得好), 일을 하며 사람을 가르치기는 어렵다(共事難爲人)."

금봉스님의 주지 부촉을 위한 '전좌게(傳座偈)'인 셈이다. 정말 뒤끝이 없다.

원철스님의 주지학 개론

왜 부처님은 주지를 하셨을까?

1판 1쇄 펴냄 2010년 7월 23일

글 원철
펴낸이 이자승 **사장** 김용환 **편집부장** 최승천
기획편집 박선주, 정영옥 **디자인** 최현규, 남미영
마케팅 문성빈, 김미경, 홍경희, 최현호 **회계관리** 차은선

펴낸곳 (주)조계종출판사
출판등록 제300-2007-78호 **등록일자** 2007년 4월 27일
주소 서울시 종로구 견지동 13번지 대한불교조계종 전법회관 7층
전화 02.733.6390 **팩스** 02.720.6019 **홈페이지** www.jogyebook.com

ⓒ 원철, 2010

ISBN 978-89-93629-43-9 03810

책값은 뒤표지에 있습니다.
(주)조계종출판사의 수익금 전액은 포교 · 교육 기금으로 활용됩니다.

이 도서의 국립중앙도서관 출판시도서목록(CIP)은 e-CIP홈페이지(http://www.nl.go.kr/ecip)에서
이용하실 수 있습니다. (CIP제어번호 : CIP2010002455)